古籍善本再造　珍稀古籍叢刊

新刻全像忠義水滸傳

[明]羅貫中　編輯
[明]鄭喬林　梓行

文物出版社

據半畝書屋藏明刻本影印原書版框高二十一·四釐米寬十一·二釐米

古籍善本再造 珍稀古籍叢刊

新刻全像忠義水滸傳

[明]鄭喬林 校行
[明]羅貫中 編輯

文物出版社

據半壁書屋藏明刻本影印
原書版框高二十・四厘米寬十二・二厘米

水滸傳序

凡稱丈夫者有鬚眉漢是男婦
不具血性而施耐庵羅貫中借筆
墨拈出一部水滸傳把千古忠
義歸之於下而水滸中最奇
豬在已不在宋江逢人便打翻豬為
梁山泊之主而在鋤奸勦邪
殺惡人如麻嘆古人示乎之筆
於一百單八人託以世人名傳其
事並題水滸其中惟伏遁芸藏

[illegible]

[illegible]

[illegible]

[illegible]

[illegible]

[illegible]

[illegible]

[illegible]

[illegible]

[illegible]

[illegible]

與水滸西廂以與三國誌並垂勿朽
之坊刻多本非先生之舊則失之
遠矣今因獨加改訂甚於關鎖出
落一一條達更覺在層疊悅如
因觀我生數年爰授之梓以

全像水滸傳目錄

全像忠義水滸傳目錄終

新刻全像忠義水滸傳一卷

元　東原　羅貫中編輯
閩　書林　鄭喬林梓行

詞曰人稟陰陽一氣仁義禮智天成浩然配乎寒蒼其可託六尺孤能寄百里命閫閱水滸全傳論天罡地殺威名逢場何辨為與真赤心當報國忠義實堪欽

宋太祖開基定天下

紛紛五代亂離間　一旦雲開復見天　草木百年新雨露
車書萬里舊江山　尋常巷陌陳羅綺　幾處樓臺奏管絃
人樂太平無事日　鶯花無限日高眠

此詩乃是宋太祖朝中一個名儒姓邵諱堯夫道號康節先生所作為五代殘唐干戈不息朱李石劉郭梁唐晉漢周都來十五帝播亂五十秋天道循環夾馬營中生下太祖武德皇帝來紅光滿天異香經宿不散乃是上界霹靂大仙下降英雄勇猛智量寬宏一條桿棒打四百座軍州都姓趙掃清寰宇蕩淨中原國號大宋建都汴梁九朝皇帝班頭定四百年開基帝王因此邵堯夫讚道一旦雲開復見天正如教百姓再見天日之面那時西岳華山有個陳摶處士一日騎驢下山向華陰道上正行間聽得人說如今東京柴榮讓位與趙檢點登基陳摶先生心中歡喜以手加額在驢背上大笑入

問其故那先生曰庚申年間受禪開基即位十七年天下太平自此定矣傳位與御弟太宗在位二十二年傳位與太子仁宗乃是上界赤腳大仙降生之時晝夜啼哭不止朝廷出榜召人醫治玉帝遣太白星下界化作一老叟揭榜真宗召入內宮看視太子只在太子耳邊說八個字云文有文曲武有武曲太子便不啼哭那老叟化一陣清風而去是玉帝差兩座星辰下來輔佐這朝天子文曲星是開封府主龍圖閣大學士包拯武曲星是征西夏國大元帥狄青仁宗在位四十二年改了幾個年號自天聖元年癸亥登基至天聖九年天下太平五穀豐登萬民樂業九年謂之一登自明道元年至皇祐三年這九年民亦豐足謂之二登自皇祐四年至嘉祐二年這九年田禾大熟謂之三登一連二十七年號為三登之世直至嘉祐三年春間瘟疫盛行自江南直至兩京民不安生各處申奏當有開封府主包待制親將惠民和濟局方自出榜文合藥救治萬民那裡醫治得文武商議伺候早朝奏知天子都要祈禳瘟疫不知如何直教三十六員天罡下臨凡世七十二座地煞降在人間鬧動宋國乾坤鬧遍趙家社稷有詩為証

太白金星下降揭榜

萬姓熙熙化育中　三登之世樂無窮　豈知禮樂笙歌治
變作干戈劍戟叢　水滸寨中屯壯勇　梁山泊內聚英雄　細推亂世興亡數
盡屬陰陽造化功

○第一回　張天師祈禳瘟疫　洪太尉誤走妖魔

仁宗頒詔召請天師

絳幘雞人報曉籌　尚衣方進翠雲裘　九天閶闔開宮殿　萬國衣冠拜冕旒
日色纔臨仙掌動　香烟欲傍袞龍浮　朝罷須裁五色詔　佩聲歸向鳳池頭

却說仁宗在位嘉祐三年三月三日駕坐紫宸殿受百官朝賀但見祥雲迷鳳閣瑞氣罩龍樓含烟御柳拂旌旗帶露宮花迎劍戟天香影裡玉簪珠履聚丹墀仙樂声中綉襖錦衣扶御駕珍珠簾捲黃金殿上現金轝鳳羽扇開白玉階前停寶輦隱隱淨鞭三下响層層文武兩班齊當有宰相趙哲參政文彥博出班奏曰今京師瘟疫盛行民不聊生伏望陛下釋罪寬恩省刑薄稅以禳天災救濟萬民天子聞奏急勅翰林院草詔一面頒放天下罪囚應有民間税賦悉皆赦免命在京宮觀寺院修設大醮禳灾不料其年瘟疫轉盛仁宗復会百官計議叅知政事范仲淹奏曰目今災瘓大行民不聊生以臣愚見可宣嗣漢天師求朝修設三千六百羅天大醮可保民間瘟疫仁宗准奏急令翰林學士草詔一道御筆親書并降御香一炷欽差內外提点殿前太尉洪信為使前往江西信州龍虎山請天師張真人星夜臨朝洪信領了聖勅辭別天子帶了詔書御香與数十人上馬離京逕投信州貴溪縣來于路上但見

遙山叠翠　遠水澄清　奇花綺錦綉鋪裀　嫩柳垂金縷拂地　和風日暖時過野店山村　路直沙平夜宿郵亭驛館　羅衣蕩漾紅塵內　駿馬驅馳紫陌中

洪信在途不止數日來到信州大小官員迎接畢即差人報知上清宮次日衆官送太尉至龍虎

衆道官迎接洪太尉

山三清殿上將詔書供養于香案上衆道官獻茶齊罷洪太尉問曰天師今在何處道官禀曰這代天師號曰虛靖天師性好清高自向山頂結一茅菴修真養性太尉曰今天子宣詔如何得見道官曰天師雖在山頂其實是能駕霧騰雲踪跡不定貧道等亦难得見太尉曰目今京師瘟疫盛行丹書來請天師要設大醮以禳天災似此奈何道官曰若太尉誠心齋戒沐浴休帶從人自背詔書步行上山禮拜叩請天師方能得見太尉曰俺從東京吃素到此依着你說明日沐浴換了新布衣脚穿草履背上丹詔手提御香衆道士送到山後相別那洪信口誦天尊宝號縱步上山果然好座大山正是

根盤地角　頂接天心　遠觀磨斷乱雲痕　近看平吞明月魄　高低不等謂之山　側石通道謂之岫　孤嶺崎嶇謂之路　上面極平謂之頂　頭圓下壯謂之峦　隱虎藏豹謂之穴　隱風隱雲謂之岩　高人隱居謂之洞　樵人出没謂之徑　流水有声謂之澗　古渡源頭謂之溪　十峯競秀　萬壑爭流　瀑布斜飛　藤蘿倒挂　虎嘯時風生谷　猿啼處月墜山腰　恰似青石粲成千塊玉　碧紗籠罩萬堆烟

洪太尉過了數個山頭看看脚酸腿軟心中想曰我是朝廷貴官何曾受這苦苦楚只見山凹裡松樹背後大吼一声跳出一個吊睛掛毛白額大虫來太尉驚得後便倒偷眼看那大虫時但見

毛披一带黃金色　爪露銀鈎十八隻　睛如閃電尾如鞭　目似血盆牙似戟　伸腰展臂勢狰獰　擺尾搖頭声霹靂　山中狐兎尽潜藏　野外獐麂皆斂迹

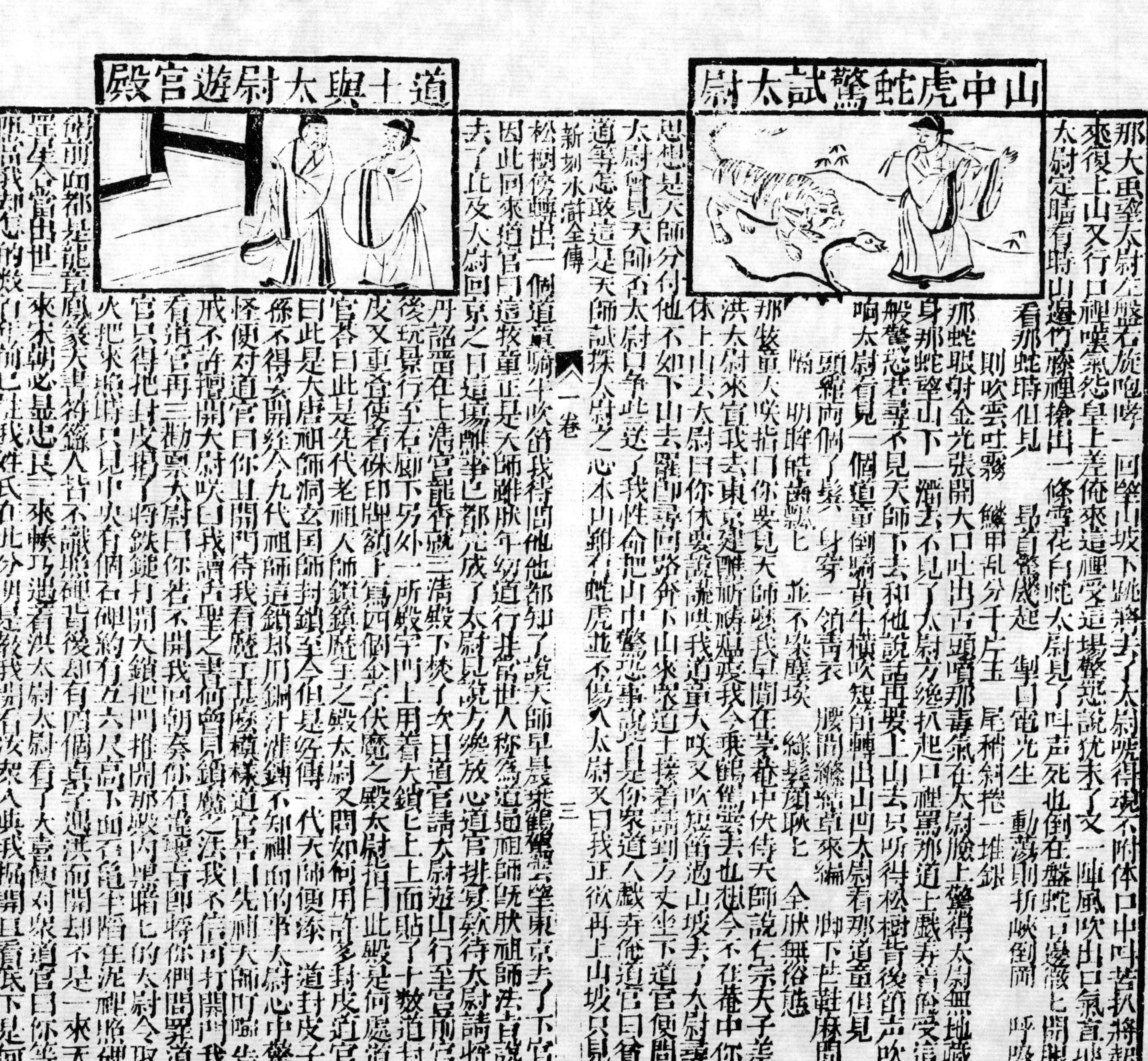

山中虎蛇驚試太尉

道士與太尉遊宮殿

那大虫望太尉左盤右旋咆哮一回望山坡下跳將去了太尉唬得魂不附体口中叫苦扒將起來復上山又行口裡嘆氣怨皇上差俺來這裡受這場驚恐說犹未了又一陣風吹出口氣首虫太尉定睛看時山邊竹藤裡搶出一條雪花白蛇太尉見了叫声死也倒在盤蛇石邊微微開眼看那蛇時但見

昂首驚飈起　掣目電光生　動蕩則折峽倒岡　呼吸則吹雲吐霧　鱗甲乱分千片玉　尾梢斜捲一堆銀

那蛇眼射金光張開大口吐出舌頭噴那毒氣在太尉臉上驚得太尉無地藏身那蛇望山下一溜去不見了太尉方纔扒起口裡罵那道士戲弄我受這般驚恐若尋不見天師下去和他說話再要上山去只听得松樹背後笛声吹響太尉看見一個道童倒騎黃牛橫吹短笛轉出山凹太尉看那道童但見

頭綰両個丫髻　身穿一領青衣　腰間縧結草來編　脚下芒鞋麻間隔　明眸皓齒飄飄　並不染塵埃　綠鬢朱顏耿耿　全然無俗態

那牧童大咲指曰你要見天師麼我早間在茅庵中伏侍天師說仁宗天子差洪太尉來宣我去東京建醮祈禳瘟疫我今乘鶴駕雲去也想今不在庵中你休上山去太尉曰你休要說謊與我道童大咲又吹短笛過山坡去了太尉尋思想是天師分付他不如下山去罷回尋回路奔下山來衆道士接着請到方丈坐下道官便問太尉曾見天師否太尉曰爭些送了我性命把山中驚恐事說了是你衆道人戲弄俺道官曰貧道等怎敢這是天師試探太尉之心本山雖有蛇虎並不傷人太尉又曰我正欲再上山坡只見

松樹傍轉出一個道童騎牛吹笛我待問他他都知了說天師早晨乘鶴駕雲望東京去了下官因此回來道官曰這牧童正是天師雖然年幼道行非常世人稱為道通祖師既然祖師法旨說去了比及太尉回京之日這場醮事已都完成了太尉見說方纔放心道官排宴款待太尉請將丹詔藏在上清宮龍虎殿三清殿下焚了次日道官請太尉遊山行至宮前宮後玩景行至右廊下另外一所殿宇門上用着大鎖鎖上上面貼了十數道封皮又重叠使着硃印牌額上寫四個金字伏魔之殿太尉指曰此殿是何處道官答曰此是先代老祖天師鎖鎮魔王之殿太尉又問如何用許多封皮道官曰此是大唐祖師洞玄國師封鎖至今但是經傳一代天師便添一道封皮子孫不得妄開縱今九代祖師道鎖却用銅汁灌鑄不知裡面的事太尉心中驚怪便对道官曰你且開門待我看魔王甚麼模樣道官告曰先祖天師叮嚀告戒不許擅開大尉咲曰我讀古聖之書何曾見鎖魔之法我不信可打開門我看道官再三勸禀太尉曰你若不開我回朝奏你們阻當宣詔即將你們問罪道官只得把封皮揭了將鐵鎚打開大鎖把門推開那殿內黑暗暗的太尉令取火把來照時只見中央有個石碑約有五六尺高下面石龜半陷在泥裡照碑前面都是龍章鳳篆天書符籙人皆不識照碑背後却有四個真字遇洪而開却不是一來天罡星合當出世二來宋朝必显忠良三來湊巧遇着洪太尉太尉看了大喜便对衆道官曰你等阻當我却怎的數百年前已註我姓氏在此分明是教我開看汝與我掘開且看底下是何

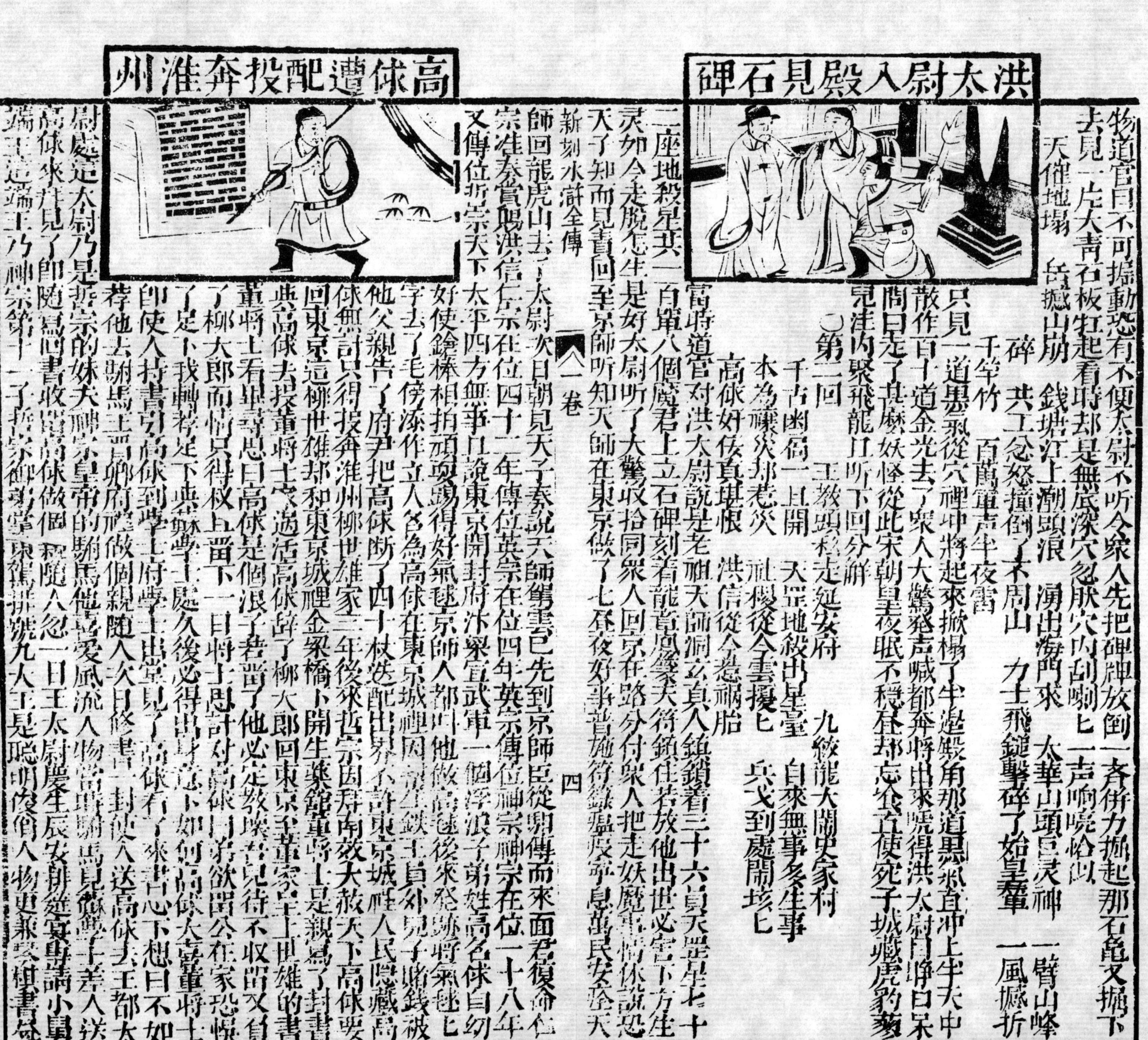

洪太尉入殿見石碑

物道官曰不可掘動恐有不便太尉不听令衆人先把碑碑放倒一齊併力掘起那石龟又掘下去見一片大青石板扛起看時却是無底深穴忽然穴内刮喇乚一声响喨恰似

天摧地塌　岳撼山崩　錢塘江上潮頭浪　湧出海門來　太華山頭巨灵神　一臂山峰碎　共工忿怒撞倒了不周山　力士飛鎚擊碎了始皇輦　一風撼折千竿竹　百萬軍声半夜雷

只見一道黑氣從穴裡中將起來掀塌了半邊殿角那道黑氣直冲上半天中散作百十道金光去了衆人大驚發声喊都奔將出來唬得洪太尉目睁口呆悶曰是了甚麼妖怪從此宋朝皇夜眠不穩昼却忘食直使宛子城藏虎豹蓼兒洼内聚飛龍且听下回分解

○第二回　王教頭私走延安府　九紋龍大閙史家村

千古幽扃一旦開　天罡地殺出星臺　自來無事多生事

本為禳災却惹災　社稷從今雲擾乚　兵戈到處閙垓乚

高俅奸佞真堪恨　洪信從今惹禍胎

當時道官对洪太尉說是老祖天師洞玄真人鎮鎖着三十六員天罡星七十二座地殺星共一百單八個魔君上立石碑刻着龍章鳳篆天符鎮住若放他出世必害下方生灵如今走脫怎生是好太尉听了大驚收拾同衆人回京在路分付衆人把走妖魔事情休說恐天子知而見責回至京師听知天師在東京做了七昼夜好事普施符籙瘟疫寧息萬民安泰天

新刻水滸全傳　一卷　四

師回龍虎山去了太尉次日朝見天子奏說天師乘雲已先到京師臣從馹傳而來面君復命仁宗准奏賞賜洪信仁宗在位四十二年傳位英宗在位四年英宗傳位神宗神宗在位一十八年又傳位哲宗天下太平四方無事且說東京開封府汴梁宣武軍一個浮浪子弟姓高名俅自幼

高俅遭配投奔淮州

好使鎗棒相拍頑耍踢得好氣毬京師人都叫他做高毬後來發跡將氣毬乚字去了毛傍添作立人名為高俅在東京城裡因幫生鐵王員外兒子賭錢被他父親告了府尹把高俅断了四十杖迭配出界不許東京城裡人民隱藏高俅無計只得投奔淮州柳世雄家三年後來哲宗因拜南郊大赦天下高俅要回東京這柳世雄却和東京城裡金梁橋下開生藥鋪董將士是親写了封書與高俅去投董將士家過活高俅辭了柳大郎回東京至董家將上世雄的書董將士看罷尋思曰高俅是個浪子着留了他必定教壞孩兒待不收留又負了柳大郎面情只得权且留下一日將士思討个高俅自家欲留公在家恐悞了足下我轉荐足下與蘇學士處久後必得出身足下如何高俅大喜董將士即使人持書引高俅到學士府學士出堂見了高俅看了來書心下想曰不如荐他去駙馬王晋卿府裡做個親隨人久後也得出身乃写一封書使人送高俅去王都太尉處是太尉乃是哲宗的妹夫神宗皇帝的駙馬他喜愛風流人物當時駙馬見蘇學士差人送高俅來拜見了即隨写回書收留高俅做個親隨人忽一日王太尉慶生辰安排筵宴專請小舅端王這端王乃神宗第十一子哲宗御弟掌東駕排號九大王是聰明俊俏人物更兼琴棋書畫

駙馬請端王赴筵宴

踢毬打彈品竹絲調無有不能當日王都尉府中准備筵宴但見　香焚寶鼎　花插金瓶

仙音院競奏新声　教坊司頻逞妙藝　水晶壺內　盡都是紫府瓊漿　琥珀盃中

滿泛着瑤池玉液　玳瑁盤　堆着仙桃異果　玻璃碗俱是熊掌駝蹄　鱗ヒ膾切銀絲細ヒ

茶烹玉蕊　紅裙舞女　盡隨着象板鸞簫　翠袖歌姬　簇擁定龍笙

鳳管　兩行珠翠立堦前　一派笙歌臨座上

端王來都尉府中赴宴酒進數盃端王起身淨手來書院裡見案上一對羊脂玉碾成的鎮紙獅子極做得細巧端王拿起看了一會曰好王都尉見端王心愛便說曰再有一個玉龍筆架也是那匠人做的明日一併相送端王大喜稱謝依旧入席至暮方散次日王都尉取出玉龍筆架鎮紙玉獅子使高俅送投端王府中來院公出見引到庭前高俅看見端王頭戴軟紗唐巾身穿紫綉袍腰繫攅絲縧足穿嵌金線靴與三五個小黃門相伴踢氣毬高俅立在從人背後伺候也是高俅合當發跡那個氣毬直滾到高俅身邊那高俅見氣毬來到身边便使個鴛鴦拐踢還端王端王大喜問曰你是甚麼人高俅跪下曰小人是王都尉親隨使令齎送兩般玉玩器獻上大王有書在上端王看了玩器即令收了便問高俅你原來会踢氣毬喚作甚名高俅跪答小人名喚高俅這氣毬胡乱踢得幾脚端王曰你便踢一回高俅拜曰小的是何等樣人敢與大王下脚端王曰這是齊雲社名為天下圓但踢何妨高俅叩頭解膝上場纔踢幾脚端王喝采高俅把平生本事都使出來那氣毬一似鰾

端王踢毬高俅得寵

膠粘在身上端王大喜留住高俅次日設宴請王都尉赴宴王都尉見了令旨隨即來到宮中端王先謝玉玩器請入席飲宴間端王曰這高俅踢得兩脚好氣毬孤欲用此人做親隨如何王都尉曰既殿下欲用此人就當伏侍端王執盃相謝至晚筵罷王都尉自回端王自得高俅未及兩月哲宗来有太子文武商議冊立端王為天子號曰徽宗皇帝登基之後擡舉高俅做到殿帥府太尉之職高俅即選吉日到任所有一應牙將都軍禁軍馬步兵等都來叅拜只欠一名乃八十萬禁軍教頭王進軍政司稟曰半月之前已有病狀不曾入衙高俅怒曰此人雖病在家隨即差人拿王進且說這王進止有老母无妻子牌軍來拿王進只得捱病入府叅見拜了高俅曰你是都軍教頭王昇的兒子王進禀曰小人便是高俅喝曰你是街市上使花棒賣薬的你如何敢不伏我点視詐病在家王進告曰小人怎敢是實患病高俅罵曰你既患病如何來得喝令左右拿下王進與我重打衆牙將皆禀曰今日是老爺上任好日权免這次高太尉喝曰且看衆將之面饒你明日理会王進起來認得是高俅出衙門咲曰只道是甚么高殿帥原來是東京制闘的圓社那高二先時曾學使棒被我父親一棒打番他今日要報前仇回到家中対娘說知此事母子抱頭而哭王進曰兒子尋思不如逃去延安府老种經略相公名下投他方可安身母曰門前兩個牌軍是殿帥撥來的他若知便走不脫王進曰不妨兒子自有道理當晚対兩個牌軍說我因前日患病在酸棗門外岳廟裡許下香願明日要去燒香你今晚去買三牲先去対他

高俅上任責罵王進

說知二人先領命去了當夜子母收拾行李出了西華門望延安而去且說兩個牌軍買了福物在廟中等到次日巳牌不見來二人心焦走回見鎖了門直尋到晚不見踪跡兩人恐怕連累及已即報殿帥府中首告說王進大家逃走不知去向高太尉大怒即押文書行開各州府捉拿不題且說王進子母自離東京在路月餘一日天晚不覺錯過宿店捱到一處是一所大庄王進到庄前敲門有一庄客出來王進施禮曰小人母子貪行些路錯過客店來投貴庄借宿明早便行庄客入報出來言曰太公教你兩人進去王進同母入到草堂見太公各敘禮畢太公問曰客官貴處因甚房晚到此王進曰小人姓張原是京師人要去延安府投奔親眷太公曰既如此但村中無甚相待休得見怪王進謝曰多蒙庇廕可報晚飯畢太公引王進子母到客房安歇王進曰小人的馬相煩寄養一發還錢太公曰我家也有頭口叫庄客牽去後槽喂養王進謝了各自安歇次日天明王進收拾要行來後槽看馬只見空地上有一個後生脫膊刺着一身青龍拿一條棍在那里使王進咲曰只有些破綻那後生听得喝曰你是甚人敢咲我的本事俺曾經七八個明師到不如你麼說猶未了太公來到喝那後生不得無禮那後生曰回耐這斯咲我的棍法太公曰客官莫会使棒王進曰略曉得些敢問這後生是誰太公曰是老漢的兒子進曰既然是小官人小人点撥他端正如何太公曰恁的極好便喚那後生來叫師父後生曰爹爹休听這斯胡說他若贏得我一棍我便拜他為師王進曰小官人若不當村時較量一棒耍那後

九紋龍與王進較棒

生拿一條棒使得風車兒似轉叫王進曰你來你來王進只是咲不肯動手太公曰客官既肯見教小頑使一棒何妨王進咲曰只恐冲撞了令郎太公曰這個不妨客官只管上場王進曰恕罪了拿一條棒在手使個旗鼓勢那後生輪棒滚將過來王進托地拖了棒便走那後生又赶入來王進回身舉棒望空劈將下來那後生用棒來隔王進却不打上來提棒望後生懷裡只一斜那後生的棒丟在一邊撲地倒了王進連忙進前扶住曰休怪休怪那後生扒將起來便拜曰俺自經了許多教師不如客官願請賜教王進曰俺子母在此多擾當効力報恩太公大喜教庄客安排酒食就請王進的母親一同赴席太公曰師父如此高強必然是個教頭小兒有眼不識泰山王進曰實不相瞞小人不姓張乃是東京八十萬禁軍教頭王進便是為因新任高太尉原被先父打翻今做殿師府太尉懷挾舊仇因此母子二人逃上延安府老种經略相公處勾當不想得遇太公如此看待若令郎肯學小人願奉教太公曰老漢祖居華陰縣界內前面便是少華山這村喚作史家庄老漢這個兒子自幼不務農業只愛刺鎗使棒母親說他不得嘔氣死了老漢只得隨他性子不知使了多少錢財投師這身花綉刺有九條龍人都叫他做九紋龍史進教頭既到這裡望乞賜教自當重謝王進曰既然如此必當奉命自此留住王進子母在庄上每日教史進点撥他一十八般武藝

矛鎚弓弩銃　鞭簡劍鏈撾
斧鉞并戈戟　牌棒與鎗爬

史太公設席待王進

却說史進留王進指教武藝不覺半年王進把十八般兵器教得史進精熟王進相辭要行史進曰師父只在我家我奉恭師父子母以終天年王進曰雖蒙好意只恐高太尉知道連累不便史進太公苦留不住設宴送行托出一盤緞子百两花銀謝師次日王進收拾望延安府去了史進送了一程回庄每日演習武藝當時六月炎天史進坐在柳陰樹下乘凉見一獵夫叫做摽兎李吉行過史進問曰你往常挑野味在我庄上來賣這一向為何不來李吉曰小人不說大郎不知近日少華山上添了一夥強人聚有七百餘人為頭的大王喚做神机軍師朱武第二個喚做跳澗虎陳達第三個喚作白花蛇楊春官兵不敢捉他小人因此不敢上山打獵那討野味史進听了尋思這賊終久來我庄上便教庄客殺牛聚集四百餘庄人飲酒对衆人曰我今听得少華山上有一夥強人恐早晚間要來我村中打劫我特請你衆人商議他若來我村中時你們各執鎗棒前來救應一家有事各家救護衆人曰我們村農只靠大郎作主梆子响時誰敢不來當日衆人回家准備器械不題却說少華山神机軍師朱武廣有智略一日與陳達楊春計議曰我听知華陰縣裡出三千貫賞錢招人來捉我們軍兵來時要與他們厮殺目今山寨缺少錢粮如之奈何陳達曰便去華陰縣裡借粮看他如何楊春曰不要去華陰縣只去蒲城縣万无一失陳達曰蒲城縣錢粮稀少只去打華陰縣錢粮更多楊春曰若去打華陰縣時須從史家庄過聞知九紋龍史進有萬人之敵他如何肯放我等過去陳達曰量一個村坊過去不得尚敢抵敵官

史進馬上活捉陳達

軍長他人之志氣滅自已的威風遂点嘍囉披掛下山去了史進正在庄上整頓弓馬只見庄客報說賊到史進叫敲起梆子那四百庄人都到史進頭戴一字巾身披硃紅甲前後鉄掩心一張弓一壺箭手提一把三尖刀騎一疋火炭赤馬庄人隨後吶喊直到庄前排開陣勢見陳達頭戴乾紅凹身披鍍金甲坐下一疋高鞍馬手拈点鋼鎗二將相見陳達馬上欠身施礼史進喝曰汝等強盜敢來太歲頭上動土陳達曰因我山寨欠缺錢粮欲往華陰縣借粮經由貴村借路過去不敢動你一根草回日重謝史進曰我家正當里長放你過去本縣知道必連累我陳達曰四海之內皆兄弟也借路一過不妨史進不允陳達大怒挺鎗刺來史進拍馬來迎二人鬪了五十合史進使個破綻讓陳達一鎗望心窩裡搠來史進却把腰一閃陳達和鎗撲入懷裡史進輕舒猿臂只一挾把陳達捉過馬來衆嘍囉都走了史進回到庄上將陳達綁在柱上備酒來賞了衆人俱各准備却說朱武楊春正在寨中嘍囉報說二頭領被捉去了朱武嘆曰不听吾言果有此禍楊春曰奈何朱武曰我有一條計可以救他楊春曰有何計朱武附耳低言春曰好計和你便去史進正在庄上庄客來報曰少華山朱武楊春都來了史進便提刀上馬正出庄門只見朱武楊春都到雙々跪下史進喝曰你二人跪下如何朱武哭曰小人三個因被官司累次逼迫不得已上山落草三人當初發誓不願同生只求同死雖不及關張刘備其心則同今陳達誤犯被捉我二人義不貪生特來請死大郎將我三人觧官請賞誓不皺眉史進听了他們如此義氣

我若拿他辭官又教天下好漢恥笑便曰你二人頭我進來朱武楊春隨了史進直到所前跪下又請綁縛史進曰猩猩惜猩猩好漢惜好漢你們既如此義氣我若送了你們不是好漢放陳達還你如何朱武曰休得連累了將軍寧可將我們解官史進曰不可即令放了陳達就置酒款待三人飲罷拜辭史進三人回到寨中朱武曰雖然是計亦難得史進好意我們須要報謝隨即收拾得三十兩金使兩個嘍囉趁月送與史進庄內將金獻上拜達三人酬謝不殺之恩史進受了金子教庄客將酒相待回山半月朱武等擄得一串大珠子又使嘍囉送來史進又受了尋思難得這三個敬重我也討些禮回答他次日教三個裁縫做了三件錦襖殺了一腔肥羊令庄客送至山寨見了三個頭領朱武等大喜受了禮物款待來人賞銀五兩庄客拜別回來史進自此與朱武往來荏苒光陰將近八月中秋要請三人至十五日夜來庄上賞月先令庄客王四送書去請三個頭領看書大喜即寫下回書賞銀下山遇着嘍囉又拖去酒店中吃了數碗相別回程走不到十里酒却湧上來便醉倒了有攜兒李吉正在山坡下來認得是史家庄的王四逕來扶他見王四腰裏突出銀子來李吉尋思這廝醉了這銀子何不拿他的去李吉解下搭膊一抖那封回書和銀子都抖出來李吉將書拆開見書上面寫着少華山朱武三人名字李吉曰聞知史進原來與強盜來往把書望華陰縣出首去了王四睡到三更方醒看見月光跳將起來四邊都是松樹忙去腰間摸時搭膊并書都不見了哭曰銀子不打緊這封書如何

史進放陳達還朱武

是好心生一計只說不曾有回書來到庄上史進問曰你為何方才回來王四曰托主人福蔭寨中頭領留我吃了半夜酒因此回遲史進又問曰曾有回書否王四曰他要修回書是小人說若拿回書恐路上不便史進大喜排起筵宴伺候朱武三人分付嘍囉看守寨門只帶三五個作伴各藏短刀下山來到庄上史進接着各敘禮畢請入後園分賓坐定令庄客把前後庄門拴了一面飲酒酒至數盃只見東边推起那輪明月但見

秋夜初長　黃昏已半　一輪月挂如銀　冰盤如晝　玩正宜人
清影十分圓滿　桂花玉兔交馨　簾籠高捲　金盃頻勸酒
歡笑賀昇平　當此節酩酊醉燻燻　莫辭終夕醉　銀漢露華新

且說史進正和三人飲酒只聽得墻外喊起火把亂明三人大驚史進曰三位休慌待我去看掇條梯子傍墻一看只見縣尉在馬上引兩箇都頭領四百土兵圍住庄院都頭大叫不要走了強盜史進這夥人來捉史進直使天罡地殺一齊相会正是蘆花深处藏兵士荷葉陰中聚戰船畢竟史進與三個頭領怎的脫身且听下回分解

李吉搜去王四回書

○第三回　史大郎走華陰縣　魯提轄打鎮關西

當時史進說怎生是好朱武等跪下曰哥哥是個良民只將我三人綁縛出去請賞免得累了你史進曰不是我賺你來且自請起別作主張史進再上梯子問曰你兩個都頭何故半夜來劫我庄上都頭曰大郎你私通賊寇見有首告人李吉在此史進喝曰你如何誣陷平人李吉曰我本不

史進尋師偶遇智深

知在路上拾得王四的回書把在縣前看因此事發史進叫王四問曰你說无回書如何却又有書王四曰小人酒醉失了史進喝曰畜生却怎生是好那都頭人并都怕史進不敢入庄朱武以手指曰大郎且應外面史進会意叫曰你衆人不要鬧炒且退一步我自綁縛出來解官都頭依其言等待他送出來史進下梯把王四殺了令庄客把庄内細軟等物都收拾了点起火把史進和三個都頭全身披掛各執鎗刀放起火來大開庄門吶喊出迎正撞見都頭并李吉史進大怒卽將李吉殺了兩個都頭回身便走被陳達楊春殺死縣尉跑馬回縣衆官兵各自走了史進引一行人馬都到少華山寨中朱武令殺牛宰馬賀喜過了一月史進尋思一時要救三人燒了庄院无處栖身对朱武等說我的師父王教頭在関西經略府中勾當我的家私庄院燒了我今要尋師父去也朱武曰哥七只在我寨中且住幾日等待平靜了小弟們與哥七重造庄院史進曰雖蒙好意只是我要去尋師父也啚澗去出身朱武等苦留不住史進只得收拾碎銀作盤費餘者都寄在寨中史進頭戴一頂白范陽毡笠身穿一領白綾襖腰繫一條紅搭膊脚穿一雙麻鞋背上包袱提了朴刀辭别朱武等都送下山洒淚而别史進离了少華山望延安府進発

但見

崎嶇山嶺　寂寞孤村　披臉露夜宿荒林　帶曉月朝登險道
落日趲行聞犬吠　嚴霜早促听雞鳴　山影將沉　柳陰漸没　斷霞映水散紅光
暮日轉收生碧霧　溪边漁父歸林去　野外樵夫荷担回

魯達史進酒樓相會

史進在路行了半月來到渭州便入城來到茶坊見茶博士問曰這里經略府内有個東京來的教頭王進麽茶博士曰府裡教頭有三個姓王的不知那個是王進道猶未了見個大漢身長八尺腰濶十圍踏步走入茶坊裡坐下茶博士曰客官要尋王教頭只問這個提轄便都曉得史進慌忙進前施礼曰小人大胆敢問官人高姓大名那人曰洒家是經略府提轄姓魯名達敢問大哥高姓史進曰小人是華陰縣人姓史名進有個師父是八十萬禁軍教頭王進不知在此否魯達曰你莫不是史家庄九紋龍史大郎否史進曰小人便是魯達曰聞名不如見面你來尋王教頭他在延安府老种經略相公処勾當俺這渭州却是小經略相公鎮守俺且和你上街去吃盃酒二人挽手出茶坊來見街上一簇人衆圍住看史進曰兄長我們也看一看却認得是江湖使鎗棒賣藥的開手師父叫做打虎將李忠史進叫曰師父多時不見李忠曰你因甚到這里來魯達曰既是你師父同去吃盃酒李忠卽收拾了行頭三人到橋下潘家酒店正是李白点頭便飲淵明招手回來有詩為証

風拂烟籠錦斾揚　太平无事日初長　能添壯士英雄胆
善助詩人錦繡腸　三尺布垂楊柳岸　一竿斜插杏花傍
男兒未遂平生志　且自高歌入醉鄉

三人上酒樓坐定魯達叫酒保擺酒各備酒至數盃正談論鎗法忽听得間壁有人啼哭魯達焦燥便把盞碟丢在樓板上酒保听得慌忙走上樓曰官人要甚東西分付買來達曰洒家要

魯達發怒唱婦告訴

西你怎的同人在間壁啼哭攪擾俺吃酒 酒保曰是綽酒座兒的父子二人不知官人在此吃酒一時自苦啼哭小人怎敢 魯達曰你與我叫來問他 酒保須臾引來只見一個六十歲的老兒手裡拿串拍板頭背一個十七八歲的婦人來到面前 魯達曰那女子雖无十分的容貌也有動人的顏色但見

鬆鬆雲髻 插一枝青玉簪兒 嫋娜纖腰 穿一條紅綃裙子 素白舊衫籠雪体 淡黃軟底小弓鞋 娥眉緊蹙 汪汪淚眼落珍珠 粉面低垂 細細香肌消玉雪 雖若雨病雲愁 定是懷憂積恨 大体還他肌骨好 不搽脂粉自肽嬌

那女人拭着淚眼向前相見了 達問曰你是那裡人為甚啼哭 那婦人曰奴家是東京人氏因同父母來這渭州投奔親眷不想母親在店中染病身故子父二人流落在此此間有一財主叫做鎮關西鄭大官人因見奴家便使強婚作妾寫了三千貫文書虛錢假契要了奴家未及三月大娘子將奴家趕打出來逼要原典身錢父親懦弱和他爭競不得没奈何父親自少教得奴家些小曲兒這酒樓上趕座了每日得些錢來將大半还他留些小子父作盤纏這兩日酒店客少違了他錢限怕他來討時受他羞耻子父們因此啼哭不想中犯了官人望乞恕罪 魯達又問你姓甚麼在那里住鄭大官人在那里住 老兒曰小的姓金排行第二女兒名喚翠蓮鄭大官人便是狀元橋下賣肉的鄭屠綽號鎮關西老漢父子住東門魯家客店安下 魯達曰俺只道是那個鄭官人原來是宰猪的鄭屠這個腌臢的潑才投托着俺小种經略

小二堅執被魯達打

相公門下做個肉鋪戶敢這等欺人 郤調李忠史進曰你二人在此坐着待酒家去打死了那厮來 史進李忠抱住劝曰哥哥息怒明日理会 魯達又曰老兒酒家與你些盤纏明日回家去罷 父子告曰若得回家去時便是重生父母奈店主人不肯放 魯達曰這個不妨事便取出三兩銀子放在桌上对史進曰你有銀子借些與酒家酒家就还 史進便去包裹內取出十兩銀子放在桌上又顧與李忠曰你也借些 李忠只有二兩 魯達就將這十五兩銀子與金老兒分付曰你拿去做盤纏一面收拾行李明早我來安頓你們起身 金老父子拜謝去了 魯達把這數兩銀子还了李忠史進又吃了兩壺酒还了酒伏王人出了酒店到街頭分別各回 金老兒得了這十五兩銀子回到店中先去城外覓了一輛車兒收拾行李还了店錢次早起來吃了飯天色漸明只見魯達走入店來高叫曰金老你去便去些甚麼 金老引女兒挑起担便行 小二扯住曰金公那里去 魯達問曰他少你房錢 小二曰房錢都算还了只少了鄭大官人的典身錢未还着落小人看管 魯達曰鄭屠的錢酒家自还他且放他們回鄉去 小二堅執不肯被魯達一拳打去口中吐血扒起便走 金老父子慌忙離了店去了 魯達還投鄭屠家來鄭屠正在門首 魯達走到門前叫一声鄭屠 鄭屠慌忙出櫃唱喏便教請坐 魯達曰奉着経略相公鈞旨要十斤精肉切做臊子 鄭屠叫使頭快選好的切十斤去 魯達曰要你自己切 鄭屠曰小人便自切遂選了十斤精肉細細的切做臊子 那小二正來鄭屠家報知金老之事却見魯達坐在肉案門边不敢進前遠

魯達怒發打死鄭屠

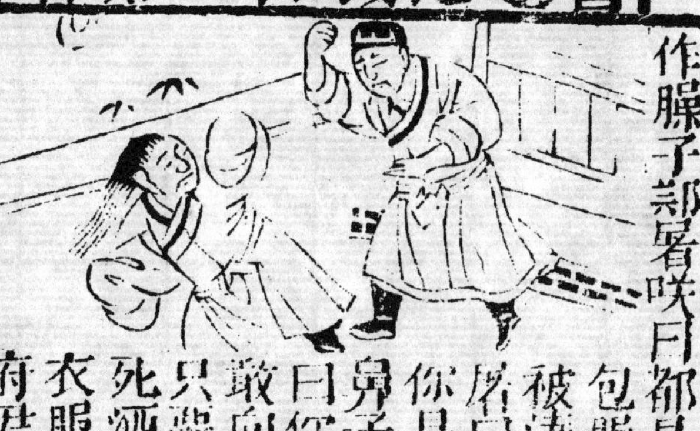

遠立在屋簷下那鄭屠切了肉用荷葉包了魯達曰再要十斤都是肥的也要切做臊子鄭屠曰小人便切又選十斤肥的也切做臊子亦把荷葉包了魯達曰再要十斤寸金軟骨也要細ㄟ剁作臊子鄭屠咲曰都是來消遣我魯達听罷跳將起來睜眼看着鄭屠曰洒家特地要消遣把兩包臊子劈面打去鄭屠大怒從肉案上搶了一把尖刀跳將出來就要揪魯達被達就勢按住了刀望小腹上只一脚踢倒了便踏住胸前提起拳頭看着鄭屠曰洒家始從老种經略相公做到關西五路廉訪使也不枉了叫做鎮關西你是個賣肉的屠戶狗也叫做鎮關西你如何強騙了金翠蓮只一拳正打了鼻子上打得鮮血迸流鼻子歪在一边鄭屠掙不起來口裡只叫打得好魯達曰你还敢應口望眼睛眉梢上又打一拳打得眼珠突出两傍看的人惧怕不敢向前又打一拳太陽上正着只見鄭屠挺在地上漸ㄟ没氣魯達尋思曰俺只要痛打這厮一頓不想三拳真個打死了脫身便走回頭指着鄭屠曰你詐死洒家漫ㄟ和你理会大踏步去了街坊鄰舍誰敢攔他魯達回去急ㄟ捲ㄟ衣服盤纏提了短棒奔出南門走了鄭屠家中衆人救了半日不活妻子逕來府尹處告狀府尹看狀曰魯達係經略府中提轄不敢擅自捕捉府尹隨即上轎去見經略禀白府中提轄魯達无故打死鄭屠不曾禀过相公不敢擅自捉拿經略吃了一驚尋思這魯達真好武藝今犯人命罪俺如何救得他乃回府尹曰魯達乃是我父親老經略處軍官撥他來做提轄既然犯了人命之罪你可拿他取問如若供招明白也須申聞父親知道方可

府尹禀經略問達罪

斷决怕父親日後边上要這個人用不便府尹曰下官問了情由合行申禀遂辭了經略回至州衙便喚緝捕使臣押下火牌捉拿犯人魯達當時王觀察領了公文就帶了二十個士兵逕到魯達處有房边人曰恰總背着包袱提了短刀去了王觀察只得捉左右隣舍同到州衙回話魯達惧罪出逃不知去向府尹見說即差人依限緝捕行角挨捕文書出賞錢一千貫寫了魯達年甲畫了形圖到處張挂郡說魯達离了渭州東逃西奔行了半月之間走到代州入城看時只見一簇人圍住在十字街頭看榜仃見

挨肩搭背　交頸並頭　紛ㄟ不辨賢愚　嚷ㄟ难分貴賤　張三蠢胖不識字只把頭搖　李四矮矬看別人也將脚蹐　白頭老叟盡將拐棒柱髭鬚　線鬢書生郎把文房抄欵具、　行ㄟ都是蕭何法　句ㄟ尽依律令行

魯達見衆人看榜也鑽入人叢裡听見衆人說道代州鴈門縣依奉太原府指揮使司該准渭州文字捕捉打死鄭屠犯人魯達即係經略府提轄如有人停留在家者即與犯人同罪若有人捕獲前來或首告到官者給賞錢一千貫文魯達正看到那里听得背後一人大叫曰張大哥你如何在此直扯到巷口不知是誰且听下回分解

○第四回　趙員外重修文殊院　魯智深大鬧五臺山

躲难逃災入代州　恩人相遇喜相酬　只因法網重ㄟ佈　且向空門好ㄟ修

魯達看榜偶遇金老

打坐参禪求解脫　粗茶淡飯度春秋　他坐証果應緣滿　好向弥陀国裡遊

當時魯達回頭一看却是渭州酒楼上救了的金老直拖魯達到僻靜處謂之曰恩人你好大膽見今張掛榜文捉你缘何却去看榜若不是老漢遇見時却不被他們拿去魯達曰酒家為你鄭屠被我三拳打死因此逃走至此你缘何也在這里金老曰自從恩人救拔本欲要回東京又怕那廝趕來只得隨路望北走却撞見一個旧鄰在這里做買賣帶老漢父子在這里就與我女兒作媒說與此處一個大財主趙員外养作外宅衣食豐足皆出于恩人我女兒常对他孤老說提轄大恩員外亦說怎的得與恩人一会且請到家却再商議魯達隨金老到門首老兒揭起簾子叫曰我兒大恩人在此那女子濃粧艷飾從裡面出來請魯達上坐拜了四拜曰若非恩人垂救怎有今日便請魯達上楼坐定老兒分付女兒陪侍着恩人自去安排酒來父子二人輪次把盞金老倒地便拜魯達曰老人家只顧拜做甚麼金老曰老漢自到這里立個紅祿牌匕上寫着恩人姓名旦夕一炷香父子二人祇拜今日見恩人正身如何不拜魯達曰难得你這片好心三人飲酒至晚只見丫環拜報曰官人同了金老便下楼來請官人上楼說道此位官人便是魯提轄那官人便拜曰聞名不如見面魯達回礼曰這位官人就是令婿么金老曰然再備酒食相待員外曰久聞提轄豪傑今天賜相見實為萬幸魯達曰酒家是個愚鹵人又犯罪過若蒙員外不棄錯為相識員外大喜飲醉各去歇息次日趙員外曰此處恐不穩便請提轄到敝庄去住幾

魯達同趙員外回庄

時魯達拜謝辭了金老父子和趙員外並馬到庄前下馬直至草堂賓主而坐一面置酒相待一連住了五七日忽一日金老奔來庄上便对員外魯達曰昨日有四個做工的來鄉舍街坊打听得知只要來村裡緝捕倘有疎失如之奈何魯達曰恁的時酒家自去便了員外曰我有個道理教提轄避难只恐提轄不肯魯達曰酒家是個該死的人但得一處安身有甚不肯員外曰离此處三十餘里有座五台山原是文殊菩薩道場寺中有七百餘人為頭的智真長老是我兄弟我曾許下剃度一僧已給下五花度牒在此只不曾有心腹之人了這條願若是提轄肯時一應費用都是某備辦魯達尋思曰多蒙員外做主洒家情愿做和尚趙員外連夜收拾礼物次日使庄客挑送上山先去通報智真長老引眾僧出門外迎接趙員外和魯達向前施礼同入方丈果然好座大刹但見

山門侵峻嶺　佛殿接青雲　鐘楼與月窟相連　經閣共峯巒对立
香積廚通一泓泉水　眾僧室納四面烟霞　老僧方丈斗牛边　禪客經堂雲霧裡　七層宝塔接雲霄　千古聖僧居大刹

智真長老請員外魯達到方丈客席而坐魯達便去下首坐定員外附魯達耳低言你來這裡出家如何便與長老对坐魯達曰是酒家不省便起身立在一边庄客搬將礼物擺在面前長老曰何故又蒙厚礼員外曰某日前有一條愚心許剃一僧來宝刹度牒詞簿都已寫了到今不曾剃度今有這個表弟姓魯名達軍漢出身因見塵世艱辛情願棄俗出家伏望長老

魯達拜師削髮避難

收留長老答曰這個是緣事光輝老僧山門容易且請拜吃茶只見行童托出茶來怎見得那盃茶的好處有詩為証

五莛金芽真絕品　僧家製造甚工夫　兎毫盞內香雲白　蟹眼湯中細浪鋪
戰退困魔離枕蓆　增添清氣入肌膚　仙茶自合桃源種　不許移根傍帝都

茶罷真長老便喚首座分付監寺安排辦斎與他剃度衆僧私慶眞曰這人不似出家人的模樣睁開双眼似賊一般不可剃度此人恐後累及山門長老曰待我入定去看一看焚了一炷香遂上禪椅盤膝而坐入定去了一炷香過恰挽回來対衆僧曰此人上應天星雖然眼下兇頑後却清淨汝等皆不能及可記吾言衆僧依從長老請員外魯達起斎已罷趙員外取出銀兩置辦物料選吉日鳴鐘擂鼓在法堂會集五六百僧人都在法堂下員外取出信香表禮向法座前祇拜宣疏已罷行童引魯達到法堂座下淨髮僧先把一週遭頭髮剃了却待剃鬚髯魯達曰留了這些兒还洒家也好衆僧忍笑不住真長老在法座上曰衆人听念偈

寸草不留　六根清淨　與汝剃頭　免得爭競

長老念罷偈言喝一声咄尽皆剃了首座呈將度牒上法座前請長老賜法名長老拿住空頭度牒又念偈曰

靈光一点　價值千金　佛法廣大　賜名智深

長老賜名已罷把度牒傳將下來書記僧填寫了度牒又賜法衣引上法座前摩頂受戒一要皈

智真長老賜達法名

依三宝二要皈奉佛法三要恭敬師父此是三皈五戒者一不要殺生二不要偷盜三不要邪淫四不要貪酒五不要妄語受戒已罷趙員外請衆僧到雲堂坐斎引智深參拜衆師兄師弟又僧堂後叢林裡選佛場打坐當夜无事次日員外告辭長老引衆僧送出山門員外曰智深乃是愚鹵直人早晚礼数不到看吾面凡事慈悲又喚智深分付曰賢弟從今凡事自宜自戒保重二三春衣员服早晚我使人送來智深答云謹依言語員外相辭而行長老亦引衆僧回去那智深到晚放倒身体横羅十字倒在禪床上睡鼻息如雷起來淨手大驚小怪就在佛殿後撒屎撒尿言三語四侍者四五長老説智深全然没些似出家人的体面叢林中如何容得此人長老曰且看施主之面日此无人敢説智深在寺中撓了五個月時遇初冬天氣晴明智深行出山門行到半山亭子上坐尋思曰往常酒肉不离口如今教洒家做和尚餓得乾瘦了趙員外這幾日也不使人送些酒肉來洒家吃正想間只見遠遠有個漢子挑着担桶一手拿個鏇子唱曰

九里山頭作戰場　牧童拾得旧刀鎗　順風吹動烏江水　好似虞姬別伯王

智深見那漢子挑担桶上來亭子上歇智深問曰漢子你那桶裡甚麼東西那漢子曰好酒智深曰多少錢一桶漢子曰我這酒挑上去只賣與做生活的吃本寺長老已有法旨但賣酒與長老吃時長老追去本錢赶出屋去俺們都是寺內本錢住本寺的屋宇如何敢賣與你智深曰洒家也不殺你只要問你買酒吃把漢子只一腳踢得做一堆蹲踞在地智深把那

智深踢倒漢子搶酒

兩桶酒吃了一桶便曰明日來寺裡討錢那漢子方捲疼止那里敢討錢將酒分做兩半桶挑走下山去了智深在亭子上坐了半日酒漸上來把皂直裰褪膊下來把兩隻彩袖纏在腰間露出背脊上花綉來扇着兩個膀子走上山來看看來到山門下兩個門子望見拿着竹箆攔住喝曰你是佛家弟子如何吃得爛醉上寺你也見庫局的榜示但凡和尚破戒吃酒决打四十趕出寺去如門子縱容醉僧入寺亦責十板你快下山饒你幾下竹箆智深睜起雙眼罵曰入娘賊你兩個敢打我便和你打門子見勢頭不好一個入來報監寺一個虛拖竹箆攔住智深把那門子臉上一掌打倒在山門下泯七滄七攛入寺來監寺便叫老師火工三十人各執木棒迎着智深智深望見大喊一声大踏步搶入來衆人怆退入殿關上亮隔門智深一拳一腳打開奪條棒從殿裡打將出來監寺慌忙報知長老長老急引侍者直到廊下喝曰智深不得无禮智深見了長老撇了棒向前对長老說個謊曰智深吃了兩碗酒他衆人便來打我長老曰你快去睡明日講話智深曰俺不看長老面洒家打死你那幾個禿驢言訖去禪床上去睡了衆僧告訴長老曰向日徒弟們曾諫師父休留此人果然今日這個野猫乱了清規長老曰雖眼下有此囉後來却成得正果且看趙員外之面容恕他一番我明日戒他便了衆僧冷笑而退次日早斋罷長老使侍者喚智深時尚未起侍者叫起來智深穿了直裰走出僧堂却在佛殿後撒糞侍者曰長老叫你說話智深同侍者來見長老長老曰你雖是個武夫出身員外剃度了你曾壁首受戒教你不可貪酒你昨日如何吃得大醉打了門子損坏殿上硃紅隔子我不看員外面上定趕你出寺再後休犯智深合掌拜曰不敢不敢長老留在方丈早飯又用好言劝他取一領細布直裰一凖僧鞋典智深教回僧堂去了且說智深自從吃醉酒鬧了一場一連三四個月不敢出門忽一

智真師父囑戒智深

日是二月天氣智深离了僧房信步出山門外猛听得山下叮噹响声走下山看時却是一市鎮約有五七百人家諸般買賣都有智深曰早知有這個去處不奪他那桶酒吃却下山去自家買些吃行不幾步却見一個打鉄舖智深入舖問曰鉄博士有好鋼鉄麼博士曰師父問鉄何如智深曰洒家要打條禪杖并口戒刀博士曰不知師父要打多少重的智深曰洒家要打一條重一百斤的博士咲曰小人不怕打不得只怕師父使不動便是關王那把偃月刀也只有八十二斤重師父若依我說只打一條六十二斤重的水磨禪杖只要你五兩銀子工錢智深曰俺就典你五兩銀子還有些碎銀子央你去買幾瓶酒來我吃博士曰你自去買小人要趕趁生活不及相陪智深便离了鉄舖行不數步見一家有個酒竿子掛在屋簷下智深入到裡面坐下叫曰將酒來與洒家店主曰師父恕罪小人房屋本錢都是寺裡的長老已有法旨但是小人們賣酒典寺裡僧人吃便要追去本錢赶出屋去因此休怪智深曰胡乱賣些與洒家吃俺不說是你家的便了店家曰胡乱不得師父別家去吃智深只得起身出了店門走遍三五家皆如前說智深尋一討遠七看他市稍有個酒店但見

智深入店詐說遊僧

智深酒醉打兩金剛

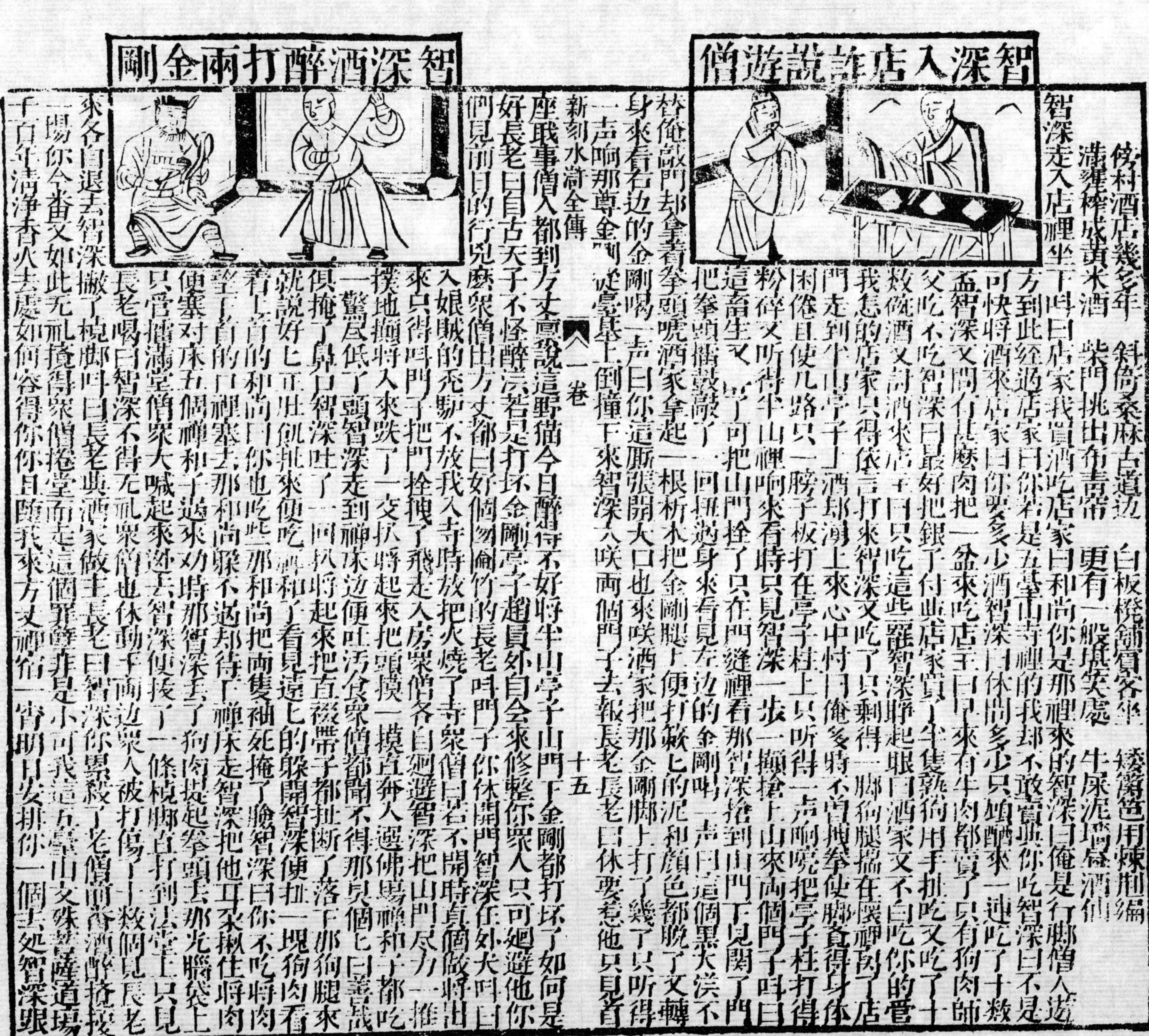

傍村酒店幾多年　斜倚桑麻古道边　白板櫈鋪賓客坐　矮籬笆用棘荆編
滿壅榨成黄米酒　柴門挑出布青帘　更有一般堪笑處　牛屎泥墻畫酒仙

智深走入店裡坐下叫曰店家我買酒吃店家曰和尚你是那裡來的智深曰俺是行脚僧人遊方到此経過店家曰你若是五臺山寺裡的我却不敢賣與你吃智深曰不是可快将酒來店家曰你要多少酒智深曰休問多少只顧酾來一連吃了十數盌智深又問有甚麼肉把一盆來吃店主曰早來有牛肉都賣了只有狗肉師父吃不吃智深曰最好把銀子付與店家買了半隻熟狗用手扯吃又吃了十数碗酒又討酒來店主曰只吃這些罷智深睜起眼曰酒家又不白吃你的管我怎的店家只得依言打來智深又吃了只剩得一脚狗腿揣在懷裡出了店門走到半山亭子上酒却湧上來心中忖曰俺多時不曾拽拳使脚覺得身体困倦且使几路只一膀子板打在亭子柱上只听得一声响喨把亭子柱打得粉碎又听得半山裡响來看時只見智深一步一攧搶上山來兩個門子叫曰這畜生又醉了可把山門拴了只在門縫裡看那智深搶到山門下見閉了門把拳頭擂鼓敲了一回扭過身來看見左边的金剛叫一声曰這個黑大漢不替俺敲門却拿着拳頭唬酒家拿起一根折木把金剛腿上便打簌匕的泥和顔色都脫了又轉身來看右边的金剛喝一声曰你這厮張開大口也來咲酒家把那金剛脚上打了幾下只听得一声响那尊金剛從臺基上倒撞下來智深大咲兩個門子去報長老長老曰休要惹他只見首座戰事僧入都到方丈禀說這野猫今日醉得不好将半山亭子山門下金剛都打坏了如何是好長老曰自古天子不怪醉漢若是打坏金剛亭子趙員外自会來修整你衆人只可廻避他你們見前日的行兇麽衆僧出方丈都曰好個囫圇竹的長老叫門子你休開門智深在外大叫曰入娘賊的禿驢不放我入寺時放把火燒了寺衆僧曰若不開時真個做将出來只得叫門子把門拴拽了飛走入房衆僧各自廻避智深把山門尽力一推一撲地攧将入來跌了一交扒将起來把頭摸一摸直奔入選佛場禪和子都吃一驚盡低了頭智深走到禪床边便吐汚食衆僧都聞不得那臭個匕曰善哉俱掩了鼻口智深吐了一回扒将起來把直裰帶子都扯斷了落下那狗腿來就說好匕正肚飢扯來便吃禪和子看見遠匕的躲開智深便扯一塊狗肉看着上首的和尚曰你也吃些那和尚把兩隻袖死掩了臉智深曰你不吃将肉望下首的口裡塞去那和尚躲不迭却待下禪床走智深把他耳朶揪住将肉便塞对床五個禪和子過來劝時那智深丢了狗肉提起拳頭去那光腦袋上只管擂滿堂僧衆大喊起來逃去智深便拔了一條槕脚直打到法堂上只見長老喝曰智深不得无礼衆僧也休動手兩边衆人被打傷了十数個見長老來各自退去智深撇了槕脚叫曰長老與酒家做主長老曰智深你累殺了老僧前番酒醉攪擾一場你今番又如此无礼攪得衆僧捲堂而走這個罪孽非是小可我這五臺山文殊菩薩道場千百年清淨香火去處如何容得你你且隨我來方丈裡宿一宵明日安排你一個去処智深跟

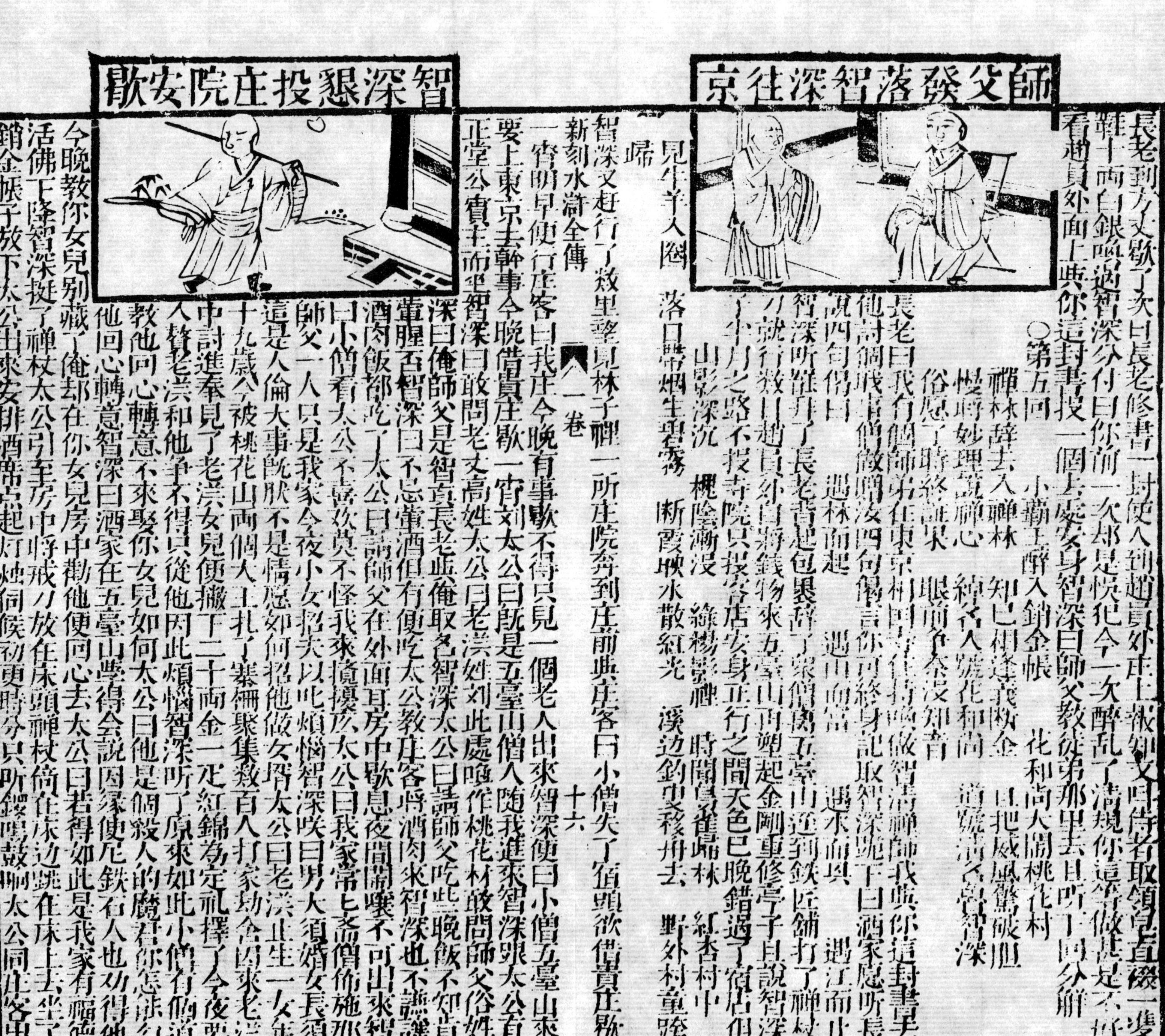

師父發落智深往京

長老到方丈歇了次日長老修書一封使人到趙員外庄上報知又叫侍者取領皂直裰一雙僧鞋十兩白銀喚過智深分付曰你前一次却是悞犯今一次醉乱了清規你這等做甚是不好我看趙員外面上與你這封書投一個去處安身智深曰師父教徒弟那里去且聽下回分觧

○第五回　小霸王醉入銷金帳　花和尚大鬧桃花村

禪林辭去入禪林　知己相逢義斷金　且把威風驚破膽
慢將妙理說禪心　綽名久號花和尚　道號清名喚智深
俗愿了時終証果　眼前爭奈沒知音

長老曰我有個師弟在東京相國寺住持喚做智清禪師我與你這封書去投他討個職事僧做贈汝四句偈言你可終身記取智深跪下曰酒家愿听長老說四句偈曰

遇林而起　遇山而富　遇水而興　遇江而止

智深听罷拜了長老背起包裹辭了衆僧離五臺山逕到鐵匠鋪打了禪杖戒刀就行数日趙員外自將錢物來五臺山再塑起金剛重修亭子且說智深行了半月之路不投寺院只投客店安身正行之間天色已晚錯過了宿店但見

山影深沉　槐陰漸没　綠楊影裡　時聞鳥雀歸林　紅杏村中　每見牛羊入圈　落日帶烟生碧霧　斷霞映水散紅光　溪边釣叟移舟去　野外村童跨犢歸

智深懇投庄院安歇

智深又赶行了数里望見林子裡一所庄院奔到庄前與庄客曰小僧失了宿頭欲借貴庄歇宿一宵明早便行庄客曰我庄今晚有事歇不得只見一個老人出來智深便曰小僧五臺山來的要上東京去幹事今晚借貴庄歇一宵刘太公曰既是五臺山僧人隨我進來智深跟太公直到正堂分賓主而坐智深曰敢問老丈高姓太公曰老漢姓刘此處喚作桃花村敢問師父俗姓智深曰俺師父是智真長老與俺取名智深太公曰請師父吃些晚飯不知肯吃葷腥否智深曰不忌葷酒但有便吃太公教庄客將酒肉來智深也不謙讓把酒肉飯都吃了太公曰請師父在外面耳房中歇息夜間聞嚷不可出來智深曰小僧看太公不喜欢莫不怪我來攪擾么太公曰我家常常齋僧布施那爭師父一人只是我家今夜小女招夫以此煩惱智深笑曰男大須婚女長須嫁這是人倫大事既然不是情愿如何招他做女婿太公曰老漢止生一女年方十九歲今被桃花山兩個大王扎了寨柵聚集数百人打家劫舍因來老漢家中討進奉見了老漢女兒便撇下二十兩金一疋紅錦為定禮擇了今夜要來入贅老漢和他爭不得只從他因此煩惱智深听了原來如此小僧有個道理教他回心轉意不來娶你女兒如何太公曰他是個殺人的魔君你怎能勾得他回心轉意智深曰酒家在五臺山學得会說因緣便是鉄石人也劝得他轉今晚教你女兒別藏了俺却在你女兒房中勸他便回心去太公曰若得如此是我家有福德遇活佛下降智深挺了禪杖太公引至房中將戒刀放在床頭禪杖倚在床边跳在床上去坐了把銷金帳子放下太公出來安排酒席点起灯烛伺候初更時分只听鑼鳴鼓响太公同庄客出門

太公出庄迎接大王

看時只見一簇人馬前來那大王來到庄前下馬太公慌忙同衆庄客都跪下迎接大王曰你今是我丈人如何倒跪我太公曰老漢是大王治下那大王扶起太公同到听上小嘍啰將鼓樂就堂前吹打起來大王問曰我的夫人在那里太公曰小女害羞不敢出來大王笑曰难怪他我先入房與夫人厮見後却來吃酒太公請大王直入去大王推開房門見裡面黑洞匕的曰我丈人是做家的人灯也捨不得点一盞明日叫小嘍啰去山寨裡扛一甕油來與他点智深在床上听得忍住咲那大王摸進房中叫曰娘子你休要怕羞我明日要娘子做個壓寨夫人一面叫娘子一面把銷金帳揭起一手摸着智深肚皮智深就势揪住把手一按匕在床下一拳打去那大王叫一声做甚么便打老公智深荅說教你認得老婆掩倒在床边拳打脚踢打得那大王叫救命刘太公听見裏面叫救慌忙拿灯燭來引嘍啰搶將入去灯下見一個胖大和尚把大王扭背大王在床前打嘍啰向前來救時智深撇了大王提起禅杖打將出來小嘍啰發声喊都走了那大王走出門前跳上了馬飛走大駡刘太公老驢不怕你就來那大会飛奔去了刘太公扯住智深曰師父你苦了我一家性命智深曰太公休慌洒家不是別人是延安府老种经略相公帳前提轄因為打死了人便出家做和尚休說這兩個便是一二千軍馬來洒家也不怕他太公曰師父却要救護俺一家兒且將酒來師父吃休得要吃醉了智深曰一分酒只有一分本事十分酒便有十分的氣力太公曰隨你吃却說桃花山大頭領开在山寨裡等候消息只見二頭領

李忠引智深上山寨

引一同李忠太公上山到寨前下轎入到寨中坐定周通出來見了和尚怒曰哥哥卻不與我報仇倒請他來寨裡李忠曰兄弟你認得這個和尚麼周通曰我若認得他時卻不被他打了李忠咲曰這和尚我常和你說的三拳打死鎮關西的便是周通納頭便拜智深答禮曰休怪沖撞四人坐定智深曰周兄弟你聽我說劉太公止有一個女兒養老你若娶了教他老人家失所你別選一個好的原定金子緞匹將在這裡你心下如何周通曰就依大哥言語小弟再不敢智深曰大丈夫作事休要反悔周通遂折箭為誓劉太公拜謝自下山去了李忠安排筵席款待數日引智深到山前山後觀看景致果是好座桃花山四圍險峻只一條路上去四下裡都是亂草看了回寨住了兩日要辭下山兩個苦留智深曰俺出了家如何肯落草李忠周通曰哥哥要去時難以相留將出白金十兩送別去了智深離了桃花山從早直走到晚肚中又飢東觀西望猛聽得鈴鐸之聲智深曰此處必是個寺院洒家且去那里投齋安宿不知甚麼寺院且聽下回分解

新刻全像忠義水滸傳一卷終

智深入寺見老和尚

新刻全像忠義水滸傳二卷

第六回　九紋龍翦徑赤松林　魯智深火燒瓦罐寺

浮蹤浪跡往東京　行盡山林數十程　古刹今番經劫火
中原從此弄刀兵　相國寺中重掛搭　種蔬園內日經營
自古白雲無去住　幾多變化任縱橫

却說智深來到此處乃是一個敗落寺院有那舊紅朱牌扁寫着瓦罐之寺智深直入方丈叫曰過往僧人來投齋叫了半晌沒一個答應從香積厨看待鍋也沒有智深將包裹放在監齋神面前提了禪杖尋到厨房後見幾個老和尚面黃肌瘦智深喝曰你們好沒道理酒家叫喚沒個人答那和尚搖答曰不要高声智深曰俺是五臺山來的和尚討頓齋吃有甚利害老和尚答曰你是活佛處來的長老合當備齋相待奈我寺禪破一個雲遊和尚一個道人來此把常住的僧都赶出去了我這個老的走不動只得在這裡智深曰他兩個甚名老和尚曰那遊方僧姓崔法名道成綽號生鉄佛道人姓丘名小一綽號飛天夜叉這兩個无所不為智深猛聞得一陣粥香提了禪杖到後面看時見煮一鍋粟米粥智深把鍋掇起來吃了幾口只見後面有人唱歌智深提禪杖出來只見一個道人着魚肉酒口裡唱歌唱道　你在東頭我在西　你无男子我无妻　我无妻兮猶尚可　你無夫時好孤悽

智深隨挑酒人入去

那道人不知智深在後跟來只顧走入方丈後智深跟到裡面看時見綠隂樹下放着一張桌子鋪着盤饌當中坐着一個胖和尚邊廂坐着個年幼婦人那道人把竹篮放下也去坐着智深走入面前那和尚吃了一驚便曰請師兄同吃一盞智深曰你這兩個如何把寺壞了那和尚曰師兄听小僧說在先敝寺田庄廣有衆僧也多只被廊下那幾個老和尚飲酒撒潑把寺廢了小僧却得這個道人正要修整山門修蓋殿宇智深曰這婦人是誰和尚曰這個婦人是前村黃有金的女兒他父親是本寺檀越如今消乏家私丈夫又患病來敝寺借米小僧看檀越面取酒相待別无他意智深听了便曰老和尚戲弄酒家再回香積厨來指着老和尚曰原來是你這幾個壞了寺院却在俺面前說謊老和尚曰師兄休听他說見今養着一個婦人在那里他見你有戒刀禪杖不敢與你相争你若不信時再去走一遭看他和你怎麽來師兄你自尋思他們吃酒肉我們粥也沒得吃智深曰也說得是提了禪杖再往方丈後見角門閉上了智深大怒一脚踢開搶入裡面只見崔道成杖條朴刀智深輪鉄禪杖來閗十四五合那崔道成鬪智深不過却待要走那丘道人知從背後拿刀搠來智深併了十合智深一來肚飢二來走多了路三來當不住兩個生力却賣個破綻便走兩個也不來赶智深走了一里尋思曰洒家包裹未曾取得路上盤纏沒有肚中又飢如何是好待要轉去敵他不過信步望前面見一大村坊却是赤松樹那史進在松林裡見有人探頭望了一望又入去智深回看認得是史進喚曰大郎做甚勾當史進慌忙

史進智深雙刺丘崔

携智深入林子裡坐下智深問曰大郎自在渭州別後一向在何處史進荅曰小弟自渭州相別去尋師父王進直到延安又尋不着回到北京盤纏使尽以此在這里尋些盤纏不想得遇哥〻緣何做了和尚智深把前話說了一遍史進曰小弟有乾肉燒餅在此請哥〻吃些智深吃得飽了史進又曰哥〻既有包裹在寺中我和你去取二人各拏器械再回瓦礶寺來看見崔道成和丘小乙坐在橋上智深喝曰今番和你們一百合道成喚曰你是我手裡敗將尚敢再來遂與丘小乙併力殺來智深得了史進壯膽又吃得飽了那與史進來迎四人在橋下厮殺崔道成被智深一禪杖打下水去那道人見倒了道成便走彼史進赶上一刀砍死智深史進却入寺去見香積廚下那幾個和尚怕道成在小乙來殺他都吊死了智深史進直入方丈後看那婦人亦自投井而死入房裡看時包袱已拏在彼不曾打開智深史進收拾房中衣服并些金銀包做兩包將寺舉火燒了二人厮赶行了一夜天色微明望見一個酒店到店內吃了酒飯智深問史進曰你要在那里去史進曰我要往少華山去投奔朱武等智深便打開包裹取些金銀與史進拜還了酒錢各拿了器械出了酒店行無路口拜別史進智深自往東京行了八九日望見東京進城來到相国寺裡看時端的好一個大寺院道人報與知客出來見了智深生得兇惡問曰師兄何方來智深曰小徒五臺山來本師智真長老有書在此知客曰既是真太師長老有書同你到方丈去智深便打開包裹取出書來知客曰師兄你見長老可鮮了戒刀知客請出智清禪

智深呈書見清長老

師禪椅上坐了智深拜了祇拜已畢將書呈上清長老接書折開看云

智真和尚合掌拜言今有敝寺檀越趙員外剃度僧人智深係延安府老种經略相公帳前提轄官為因打死了人情願削髮為僧二次酒醉鬧了僧堂職事人不能和順特投上刹萬望作職事人員收録幸甚此僧久後結果非常千萬海納珍重

珍重

清長老看罷了來書便曰僧人且去僧堂暫歇用齋智深謝了跟着行童去了清長老卽喚職事僧人來商議曰我師兄智真長老好沒分曉這個僧人他那里安置不得却推來與我待要着他在這里何或亂我清規如何使得知客曰弟子們看那僧人全不像出家人的模樣弟子尋思起來只有酸棗門外菜園常被二十家破落戶侵害何不使他去管仕清長老曰說得是喚智深到方丈來長老曰師兄若你來寺中做個職事人員敝寺有所大菜園在酸棗門外岳廟間壁你去管領每日教種地人納十担菜蔬餘者都屬你用智深曰本師着小徒討個職事如何教我去管菜園首座曰管菜園也是個大職事你管一年菜園好便陞你做個塔頭智深曰若有個出身明日便去清長老大喜先使人去菜園裡掛起庫司榜智深辭了長老同個和尚直出酸棗門外廨宇裡來住持却說菜園左近有二三個破落戶常在菜園內偷菜看見廨宇門上新掛榜文說大相国寺仰委管菜園僧人魯智深住持自今日為始並不許閑雜人等入園攪擾那幾個破落戶商議曰相国寺委個和尚僧

衆潑皮假賀魯智深

智深來賞菜園我們趁他新到做個計較等他來時誘他去糞窖邊只做參賀他雙手搶住他脚揪住他攧他下糞窖裡去要他一場商量已定却說魯智深來到廨宇房中安下那幾個種地道人都來恭拜了智深正出菜園地上看那園圃只見那二三十個破落戶捧着些菓酒迎着咲曰聞知和尚新到住持我們鄰舍街坊都來作賀智深不知是計却道是好意直走到糞窖相迎那一夥破落戶指望來攧智深誰知智深脚尖起處山前猛虎心驚拳頭落時海內蛟龍喪膽正是方正一片閑園圃目下排成小戰場後有西江月一首為証

慢進所前三五步　行將蹤兒騃利驢　心中藏毒意裡似勤渠　我這里　撫心自忖　他那里　嘿匕躕躕　算他形勢要坑予　踏步賀空天地濶　輪拳努殺小侏儒

後人又有詩一首單道破落戶不量高低不識時勢要與魯智深用強有詩云

張李欺獃欲作干　假粧雅意甚週丕
錯認擒兇花太歲　灾星取命應兒亡

不知智深後來如何應對且聽下回分解

第七回　花和尚倒拔垂楊柳　豹子頭悞入白虎堂

衆人深服拜魯智深

話說衆破落有兩個為頭的一個叫做過街鼠張三一個叫做青草蛇李四這兩個接着智深來到糞窖邊智深曰你們既是鄰舍都到廨宇裡坐張三李四便拜在地上只指望和尚來扶便動手智深見了心中疑曰這夥人莫不要跌我且向前去張三便動手智深一脚踢下糞窖去李四又來亦一脚踢下去兩個都踢下糞窖去一身臭穢那衆落戶都要走智深喝曰但有走的便教他下去衆潑皮都不敢動那兩個立在糞窖裡叫師父恕饒我智深喝曰你衆人扶起那衆人扶起了智深咲曰兀的蠢物你且去菜池裡洗了來兩個潑皮洗了一回衆人脫件衣服與他穿了智深曰都來廨宇裡坐話智深坐了指着衆人曰你這夥是甚麼人敢來戲弄洒家那衆人一齊跪下曰小人祖居此地這片園是我們的飯碗寺裡幾番計較奈何我們不得師父是那里來的我等情願伏侍師父智深曰洒家是關西延安府老种經略相公帳前提轄只為殺得人多因此出家休說你這二三十人便是千軍萬馬我也不怕衆潑皮拜謝了次日衆人買酒來廨宇請智深居中坐定三十潑皮輪流奉酒吃到半日正喧哄間忽聽得烏鴉叫衆人曰把梯子上去拆了那巢智深曰不消都來外面看洒家折便了智深走到樹邊把直裰脫了右手向下把身倒繳着却把左手拔住上截把身一揪將那楊柳樹帶根拔起衆潑皮大驚曰師父如此力大莫不會使棒智深曰你們要看使棒洒家便與你們看便去取出渾鐵禪杖使了一回衆人一齊喝采只見墻缺邊立一個官人豹頭環眼燕頷虎鬚八尺身材三十四五年紀喝彩曰使得好棒潑皮曰教師喝采必是好棒智深問曰那軍官是誰衆人曰這官人是八十萬禁軍鎗棒教頭林武師名喚林冲智深曰與我請來相見那林教頭便跳入牆來兩個相見了就槐樹下一同坐定林教頭問曰師兄何處人氏智深曰我是關西魯達為殺得人多因此為僧年幼時曾到東京

林冲智深結為兄弟

認得令尊林提轄林冲大喜便與智深結為兄弟只見侍女錦兒慌忙叫曰官人休要坐娘子在五岳樓過來撞見個奸詐把娘子攔住在那里林冲慌忙曰却再來望兄別了智深急和錦兒逕到五岳樓看時見幾個人拿住彈弓立在欄杆樓梯上一個後生把娘子攔住曰你且上樓去和你說話娘子紅了臉曰清平世界是何道理把良家子女調戲林冲赶到跟前喝曰調戲良人妻女當得何罪却要下拳打時認得是高衙內那高衙內是太尉螟蛉之子高俅不曾有子過房叔伯弟兄高三郎兒子為子高俅愛惜他那厮在東京專一淫汚人家婦女人怕他权勢叫他做花花太歲當時林冲見是高衙內方住了手那些閑漢一齊勸曰衙內不知是你娘子冲撞休怪林冲怒氣未消一雙眼睜看高衙內衆漢劝衙內出廟上馬去了林冲引妻子并錦兒行出廊下見智深提了禪杖引着破落戶搶入廟來林冲曰師兄那里去智深曰我來幫你厮打林冲曰原來是本官高太尉的衙內不認得荊婦本待要痛打那厮看本官面上智深曰你却怕他本官太尉洒家怕他甚麼俺若撞見他教他吃我一百禪杖去林冲見智深醉了便曰師兄說得是智深曰但有事時來喚洒家吉去各別回高衙內回到府中納悶門下有一個喚做乾鳥頭富安理會得高衙內心事近前曰衙內近日面色清減心中少樂必然有件不悅之事衙內曰你猜我何事心中不樂富安咲曰衙內是思想那兩木的小人有一計便得他來衙內門下虞候陸謙與林冲最好明日衙內藏在陸謙樓上擺着酒食却教陸謙去請林冲來吃酒小人便去他

衙內以計改公子憂

家對林冲妻子說你丈夫和陸謙吃酒一時被酒醉倒教娘子快去看哄得他來到樓上婦人家水性見了衙內這般風流人物再着些甜話兒調弄他不由他不肯高衙內曰好計就今晚喚陸謙來分付了次日陸謙也没奈只要奉承公子却顧不得朋友林冲連日悶悶懶上街去只見陸謙走到叫曰何故連日不見兄長林冲曰心中怀悶不曾出去陸謙曰我同兄長去吃兩盃解悶林冲遂行陸謙出門叫阿嫂曰我和哥哥到家去吃兩盃娘子曰大哥少飲早帰林冲與陸謙出得門來陸謙曰我和兄長去樊樓上吃兩盃兩個上到樊樓坐下叫酒保取酒來兩個叙說閑話林冲吃了八九盃酒起身下樓投東巷內淨手只見錦兒叫曰官人尋得我苦官人和陸虞候出來了半个時辰只見一個漢子忙奔來家裡对娘子說教頭和陸謙吃酒只見教頭一口氣出便跌倒了教娘子快去看視娘子就連忙托隔壁王婆看了家我和娘子跟那漢子直到太尉府前一個人家樓上桌子擺着酒食不見官人只見前日在岳廟裡囉唣的後生出來曰娘子少坐你丈夫來也我慌忙下樓時只听得娘子叫苦因此我到処尋官人不見撞着賣藥的張先生說官人在樊樓上吃酒逕尋到此官人快去林冲吃了一驚知是陸謙家裡逕跑到陸謙家樓梯上只听得娘子叫道清平世界如何將良人妻子關在這里高衙內叫曰娘子可怜見便是鉄石人也回得回轉林冲喝曰大嫂開門那婦人听得是丈夫声音急開了門衙內大驚推開窓門跳墻走了林冲上樓不見高衙內問妻子曰不曾被他点汚娘了曰不曾林冲把陸謙家打得粉碎領

林冲打入見問妻子

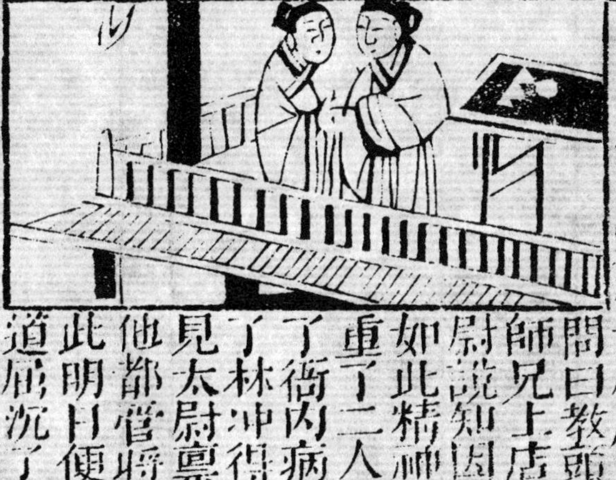

了娘子回家拿了一把解腕尖刀逕到樊樓上尋陸謙不見了忿怒而回娘子勸曰你休得要胡做我又不曾被他騙了官人難休林冲曰叵耐這陸謙我和他如兄弟一般也來弄我娘子若劝不听陸謙只躲在太尉府中不敢回家林冲尋了三日並不見面第四日智深尋到林冲家相探問曰教頭連日不見面林冲答曰小弟事冗不曾來探得師兄既蒙下顧且和師兄上店飲酒把這件事都放開了且說高衙内自那日樓上脫走不敢对太尉說知因此在府内臥病陸謙和富安來看衙内見形容憔悴問曰衙内何故如此精神消減公子曰我為林冲妻子兩次不能得勾又吃他一驚這病越添重了二人曰衙内且寬心都在我兩個身上正說間府裡老都管也來看病問了衙内病根出來富安接着都管說曰若要衙内病好除是稟告太尉得知害了林冲得他妻子這病便好不然衙内休矣都管曰便稟知太尉沉昉都管來見太尉稟曰公子不害別的病却害林冲妻子相思病太尉曰公子幾時見了他都管將前事細說一遍太尉曰我有計較喚陸謙富安入後堂分付如此如此明日便行却說林冲和智深行到閱武坊口只見個大漢拿着一口宝刀說道屈沉了我這宝刀无有識者林冲听得看了刀曰好刀你要賣幾貫錢那漢曰索錢三千貫林冲曰一千貫肯時我便買那漢曰实要一千五百貫林冲曰只是一千貫那漢嘆口氣曰金子做生鉄賣了罷林冲曰跟我來取錢與你林冲別了智深自引賣刀的回家裡取錢與他就問那漢曰你這刀那里得來那漢曰小人祖上留下因為家貧故將來賣那漢子得錢

林冲解見府尹明寃

去了林冲將刀看了曰端的好口宝刀次日兩個承局來叫林冲言太尉鈞旨說你買一口好刀就教你將去比看林冲想曰就是那個去報知了林冲拿了刀隨承局來到府前林冲立住了脚承局曰太尉在裡面教頭進來又進了兩三重門到裡面看時都是綠欄杆承局曰教頭在此少待我入去稟太尉林冲心疑探頭入簾看時見牌額上有四個青字白虎節堂林冲猛省這節堂是商議軍机大事處如何敢无故輙入急待回身只听靴声响林冲看時却是本官高太尉林冲執刀跪下太尉喝曰林冲又无呼喚安敢擅入白虎節堂你手裡拿刀莫非來刺殺本官林冲稟曰蒙恩相使兩個承局恰纔呼喚林冲將刀來比看太尉喝曰胡說左右與我拿下兩傍走出二十餘人把林冲拿下太尉曰手執利刃擅入節堂欲殺本官教左右拿下要斬林冲大叫冤屈太尉曰且把刀封了解去開封府分付教府尹勘問明白処决府幹將林冲押去開封府將太尉言語对府尹說了把刀放在林冲面前府尹問曰林冲你是個禁軍教頭如何不知法度手執利刃擅入節堂這是該死的罪林冲告曰恩相明鏡念林冲雖是愚鹵頗知法度如何敢擅入節堂為因前日念八日小人的妻子去岳廟還香愿正迎着高太尉的公子把小人的妻子調戲被小人喝散次後又使陸謙賺小人吃酒却使富安來騙小人的妻子到陸謙家樓上調戲亦被小人赶去兩次雖不成姦皆有人証林冲自買這刀太尉差兩個承局來家喚小人將刀去看因此小人同二人到節堂下兩個承局進裡去不想太尉設計陷害林冲望乞恩相作主府尹听了

薛董觧林冲别妻丈

林冲口詞與了府幹回丈把林冲監下有個孔目孫定為人十分好善人都叫做孫佛兒他明知這件事在府尹前禀曰此事果是屈了林冲只可周全他府尹曰高太尉批仰定要問他手執利刃故入節堂怎周全得他孫定曰看林冲口詞實无罪的人只是拿得兩個承局招認只得問林冲不合腰懸利刃悞入節堂合杖一百剌配遠惡軍州滕府尹去太尉前禀說林冲口詞高俅情知理短只得准了府尹回來把林冲斷一百杖剌了面頰配滄州牢城上了一面七斤鐵葉護身枷差董超薛霸二人領了公文押送林冲出開封府衆隣舍與林冲的丈人張教頭同到州橋下酒店中坐定張教頭取銀賞發公人訖林冲对丈人曰我時乖運蹇吃這場屈官司自崇泰山錯愛將令愛嫁事小人已經三載雖未曾生兒女並无半点相争今小人配去滄州生死未保娘子在家誠恐高衙内威逼這頭親事況他青春年少休為林冲躭悞前程小人今日就在此明自立紙休書任從改嫁並无争執張教頭曰你是天年不濟遭了橫事今且权去滄州避难天可怜見早晚放你回來依旧夫妻相會老漢明日便取女兒并錦兒回家去养贍你休憂心林冲曰若不依允之時我便得命回家誓不與娘子相聚張教頭曰既然如此权由你寫下我只不把女兒再嫁便了遂教酒保討紙筆與林冲寫云

東京八十萬禁軍教頭林冲為因身犯重罪斷配滄州去後存亡不保有妻張氏年少情願立此休書任從改嫁並無争執委是自行願甘亦非相逼恐後无憑立此文約為照

林冲相别丈人上路

林冲寫了休書正欲付與丈人收訖只見妻子和錦兒包着一包衣服哭入酒店林冲頋着曰我有句話已禀過泰山了立此休書在此万望娘子休等我回自行招嫁那娘子大哭曰我又不曾有半点兒污名如何把我休了林冲曰只恐悞了娘子青春張教頭曰我兒放心雖是林冲恁的主張我終不把你再嫁便是那娘子曰他只慮我被高衙内那厮逼騙故発此意叫我嫁人當下叫錦兒將衣包付與林冲近前拜了四拜曰丈夫路上小心莫只為妾到有憂損道罷自和錦兒去了少頃只見錦兒走來報說娘子歸家自縊身死了張教頭與林冲听罷放声大哭昏絶在地衆隣舍救醒張教頭曰女兒既為你死節肯得你路上挂心林冲哭别丈人并隣舍自和公人去了張教頭回家買棺木收殮女兒埋葬訖且說两個公人把林冲帶至使臣房監了各自回家收拾行李二人正在家裡裝束包裹只見酒保來說有一個官人在小人店裡教請二位端公說話董超薛霸便與酒保還來店中見一人頭帶一字巾身穿皂紗衫見與董超薛霸作揖曰二位端公請坐一面教酒保擺下酒食那人袖裡取出十两金子曰我是高太尉府中心腹人陸謙便是這林冲和太尉是对頭今奉鈞旨交將這金子送與二位教不必遠去只就前面僻静去處把林冲結果了若開封府但有話說太尉自行理会二人遂收了金子答曰官人放心多是两三程便有分曉陸謙喜曰明日到地了時必取林冲臉上金印回來作証切不可相悞酒罷三人各自分手且說董超薛霸將金子回家取了行來拿了水火棍取出林冲押上路行了三十里到

林冲買酒請二公人

客店裡歇下次日天明打火吃了早飯投滄州路上時當六月炎天林冲棒瘡却発脚走不動董超呌曰此去滄州三千里路這般樣行幾時到得林冲曰小人棒瘡舉発這般炎热如何走得薛霸劝曰且寬慢此行七天色已晚三人投店林冲打開包袱取出銀子買酒肉請公人三人飲酒董超又添酒來灌醉林冲枷倒在一边薛霸去烧一鍋滚水傾在脚盆内呌曰林教頭你也洗了脚好睡林冲掙挫起來帶枷屈身不得薛霸曰我替你洗林冲曰使不得薛霸曰出路人那里計較得許多林冲不知是計伸下脚來被薛霸拿住雙脚按在滚湯裡林冲呌声苦急缩得起來泡得脚面紅腫了薛霸曰只見罪人伏侍公人那見公人伏侍罪人薛霸罵了半夜林冲那里敢回半句自去倒在一边到四更薛霸起來做飯林冲起來暈了吃飯不得又走不動薛霸拿起水火棒催促林冲脚上都是潦漿泡尋覓旧草鞋又不見只得把新草鞋穿上出店却是五更林冲走不到三里脚上泡被新草鞋打破了鮮血淋漓走不動薛霸駡曰君不走便大棍打來林冲曰脚疼走不動董超曰我扶你走來到一座猛惡林子公人帶林冲奔入這林子裡來三個觧下行李林冲也靠着大樹边倒了薛霸董超曰我們要睡一睡只怕你走林冲曰小人是個好漢既已到此决是不走董超曰那里信得你要縳一縳林冲曰要縳便縳薛霸将索子把林冲連手帶脚綑綁在樹上兩個拿起水火棍看着林冲說道不是俺們要結果你前日陸謙傳高太尉鈞古教我兩個下手立等金印回話林冲听說淚如雨下便曰我典二位往日无仇如何救得我時

生死不忘董超曰救你不得薛霸便舉起水火棍來望林冲腦袋上打來畢竟性命如何且听下回分解

智深林內出救林冲

〇第八回　柴進門招天下客　林冲棒打洪教頭

千古高峯聚義亭　英雄豪傑尽堪驚　智深不救林冲死
柴進焉能擅大名　人猛烈　馬争獰　相逢較藝論專精
擺開縛虎屠龍手　來戦移山跨海人

薛霸正舉棍了望林冲腦上劈下來只見松樹後大喝一声跳出一個和尚曰洒家在這林子裡所你多時便舉起禅杖來打兩個公人林冲看時却是智深連忙呌曰師兄切莫動手智深收住禅杖林冲曰非干他兩個之事都是高太尉使陸謙分付他害我智深扯出戒刀将索子割断扶起林冲曰兄弟已听知你被官司俺却无處救得你及打探你断配滄州洒家恐這厮路上害你俺一路跟將來見這兩個帶你入店去洒家也在那村店裡歇你五更出門時我先奔這林子裡等他兩個到來害你正好打他林冲劝曰既服師兄救我休害他性命智深喝曰不看兄弟面時把你們剁作肉醬你且扶我兄弟我担行李四人出得林外望見一座酒店四個人入店喚酒保擺酒來公人問曰師父在那寺裡來智深咲曰你問俺時教高太尉來害我别人怕他洒家若撞見那厮教他吃我三百禅杖吃了酒出了店門林冲問曰師兄今投那里去智深曰洒家直送你到滄州去兩個公人听了呌苦也智深却僱一輛

智深辭別林冲自去

輕車典林冲坐了智深押仕背後要行便行要歇便歇又将自己銀子一路買酒肉典林冲将息行了十七八日将近滄州智深对林冲曰此去滄州不遠前路都有人家我如今和你分手取出二十兩銀子典林冲把五兩典公人曰俺看弟兄面上饒你兩個如今沒多路了休生歹心言罷叫声兄弟小心拜辭去了董超薛霸林冲行了一程望見官道上一個酒店三個入店坐下酒保並不來問林冲把桌子敲道店家好欺客見我是犯人便不來相看店家曰你們不知這裡有個大財主姓柴名進称為柴大官人江湖都喚做小旋風他是大周柴世宗子孫遺有誓書鉄券專一招接天下往來好漢常囑付我們酒店中如有配犯的人教他投我庄上來我有資助他我若賣酒肉典你們吃得面紅他就說你自有盤纏便不助你林冲听了对公人說我在東京常听人說柴大官人名字原來在這裡我們前去投奔他便問店家曰柴大官庄上在何処店家曰前面大石橋边大庄院便是林冲和公人行到橋边見一所大庄院有四個庄客在板橋上坐林冲典庄客施礼曰相煩大哥報典柴大官人知道京師有個犯人送配滄州姓林名冲來見官人庄客曰少待通報了出來曰請進林冲入見那人生得龍眉鳳眼皓齒朱唇三牙掩口髭鬚三十四五年紀頭戴一頂皂紗轉角簇花巾身穿紫羅繡花袍腰繫一條玲瓏玉條環足穿一隻金線碟碌皂乾靴林冲施礼拜見柴進問曰足下是誰林冲答曰小人是東京禁軍教頭姓林名冲為因怒了高太尉刺配滄州聞知大官人招賢納士故來相投柴進慌忙答礼曰小子失迎久聞教

頭大名不期今日光降賤地林冲答曰惶恐相投拜識尊顏夙生有幸柴進再三謙讓林冲客席董超薛霸一泒坐下柴進便教庄客将酒來請入後堂分賓主坐定酒食擺在桌上劝了一廵酒庄客報曰洪教師來了柴進曰教池進來相見林冲起身見洪教頭挺着棍子來到後堂柴進便

柴進擺酒待公人

对洪教師曰這位是東京八十萬禁軍鎗棒教頭林師便是林冲便讓洪教師坐洪教師便坐林冲就下面坐了洪教師曰大官人今日何故厚礼意待配軍柴進曰休小覷此人他是禁軍教頭師父如何輕慢洪教師曰大官人只因好習鎗棒往々流配軍人都來許作鎗棒教師來投庄上誘些酒食錢米林冲並不做声柴進曰人不可貌相休小覷他洪教師曰他敢典我比一棒俺便說他是個真教頭柴進曰且把酒來吃了待月上來比試吃過了五七盃明月正上照見厮堂裡如同白昼柴進便教庄客取十兩銀子來典公人曰相煩二位权把林教頭枷開了但有事務都在我身上公人見了銀子把枷開了柴進又取一錠銀來重二十五兩進曰二位比試贏的便將此銀子去洪教頭要争這銀子就把條棒使個旗鼓喚做把火燒天勢柴進曰請林教頭較量一棒林冲曰大官人休咲便橫着杖使個撥草尋蛇势洪教頭便使棒盖将來林冲望後一退那洪教頭赶入一步提一棒又復一棒林冲看見脚步乱了被林冲把棒打中洪教頭撲地倒了柴進大喜曰将酒來把盞庄客扶着洪教頭起來羞慚滿面自出庄外去了柴進典林冲後堂飲酒就將那一錠銀子交付林冲林冲拜謝收了柴進留在庄上数日公人催促要行柴進

林冲送銀付與差撥

置酒送行便修書兩封分付林冲曰滄州太君管营差撥二位都與某交厚你將這兩封書去下必然看顧教頭林冲称謝次日上枷辭别柴進三人投滄州來明日遂到城裡逕入州衙下了公文就帶林冲参見州尹州尹押了公文一面帖下判送牢城营内發兩個公人領了回文回東京去了州幹送林冲到牢城营内發在单身房裡听候有那一般的罪人都來对林冲說道此間管营差撥要人錢物若有人情送與他時便不打你一百殺威棒若是无錢將你監在土牢裡受苦林冲曰家兄指教二衆人曰管营的把五兩送他差撥也把五兩便十分好了林冲依說即取銀五兩送入告曰差撥哥哥些小薄礼相送休嫌輕微差撥受了曰這礼還是送與管营的和俺的都在裡面林冲曰這個只送你的另有十兩銀子煩你送與管营差撥咲曰林教頭我也聞你是個好漢想是高太尉陷害你久後必然發跡林冲曰皆賴差撥照顧又取柴大官人的書礼相煩將這兩封書賫知管营差撥曰既有柴大官人的書值一錠金了少刻管营來点你時要打你一百棍你便說一路來害病我便來與你支吾林冲曰多謝指教差撥將銀并書去了林冲曰有錢可以通神此語不差差撥將書并銀來見管营備說林冲是個好漢又有柴大官書在此管营曰既是有書相荐須要看顧他便喚林冲來見管营曰你是新到犯人太祖旧制新到配軍須打一百殺威棒林冲告曰小人在路感冒風病未痊差撥曰此人有病乞賜怜恕管营曰权且寄下差撥曰見今天王堂看守的多時滿了可教林冲去替換管营押了帖文差撥領了引林冲來到天王堂交替差撥曰教頭俺十分週全你看這天王堂早晚只燒香掃地便了你看別的囚徒從早做工到晚尚不饒他還有一等没人情的撥在土牢裡來求生不生求死不死林冲曰謝得周全自此林冲只在天王堂内燒香掃地不覺光陰似箭早過了五十日差撥得錢亦不來拘管他忽一日林冲偶出营前閑走听得背後有人叫曰林武師如何却在

林冲路遇小二同回

這里林冲回頭看時認得是酒保李小二原在東京犯了官司得林冲救濟林冲曰小二哥你如何也在這里小二便拜曰自從得恩人救濟小人投奔到滄州投個王公店七主便留小人做些酒賣見小人勤謹他就把個女兒招我做女婿如今丈人丈母却死了夫妻权在营前開茶酒店因討酒錢過來遇見恩人因何到此林冲曰我被高太尉陷害刺配到此今教我管天王堂幸得又與你相会小二就請林冲到店裡坐下喚妻子出拜恩人曰我夫妻正无親眷今日恩人到此便是天降但有衣服拿來替你漿洗就款待林冲酒食至晚送回天王堂次日又請自此林冲得小二來往不時送茶湯來营與林冲吃林冲見他両口孝順常把些銀両與他做本但林冲的衣服都是小二家漿洗忽一日有兩個人進小二酒店坐下一個似軍官打扮一個走卒模樣那個軍官將銀一两與小二曰與我整一席酒煩你去請管营差撥來此說話問你時只說有人請商議事小二到牢城裡請得二人到店那官人和管营差撥敘了礼管营曰素未相会敢問足下高姓那官人曰有書在此少刻自知小二排酒來相讓坐了飲了数盃那人與小二曰主人家我自有伴當篩

小二使妻子出聽話

酒你休來我等自要說話小二對妻子曰這兩個人來得蹺蹊言語声音是東京人物又听得差
撥說高太尉三個字來這人𨚫些林教頭有碍你且去閣後听他說甚話妻子入去听了一会出
來報曰那四個人交頭接耳講話只見那軍官取出一帕銀子遞與管營和差撥只听差撥道好
歹要結果他性命正說之間裡面叫將湯來小二急去換湯看見管营手裡拿
着一封書四人又吃了几巡酒拿了酒錢管营差撥先去了次後那兩個也去
了滛多時林冲入店裡曰小二哥連日好買賣小二曰恩人請坐小人正要尋
你有緊要話說有詩為証　潜謀奸計害林冲　一線天教把信通
　虧殺有情賢小二　暗中回護有奇功
林冲問有甚么要緊話說小二請到裡面與林冲說曰纔有兩個東京人在我
家請管营差撥吃了半日酒差撥說出高太尉三個字來小人心下疑惑又着
渾家去听了一晌只见差撥應声道都在我兩人身上好歹要結果了他那兩個把一
帕銀子并一封書與管营差撥吃說纔出店去林冲曰那兩人生得甚么模樣
小二曰那官人五短身材白面微鬚約有三十餘歲那跟的也不長大紫糖面
皮林冲驚曰這三十歲的正是陸虞候[illegible]候官那賊遂敢來這裡害我若撞着
我教這廝骨肉為泥林冲便去買了一把解腕尖刀前街後巷一地裡去尋小二夫妻𠲥出一身
冷汗次日林冲又去滄州城裡城外尋了一日都沒動静林冲又來與小二曰今日又沒事小二
曰恩人只是仔細防他林冲自回天王堂去過了五日管营教喚林冲到厛点視厛上就曰你來

這裡許多時柴大官面情不曾抬舉得你東門十五里有庄大軍草料場每月但是納草料的都
有常例錢取今是一個老軍看管你去換他來守天王堂林冲應了暗來與小二說今日管营撥
我去大軍草料場管事是甚意小二曰恩人休要疑心但得沒事便好只是离得小人家遠了
待過几日來看恩人便排酒與林冲吃了相別而去林冲和差撥投草場來正
是嚴寒天氣朔風凜冽紛紛下一天大雪二人到草場外看時四圍黃土墻七
八間草房做着倉廒四下里都是馬草堆中間兩座草廳只見那老軍在裡面
向火差撥曰管营差這個林冲來換你去守天王堂你可即便交割老軍拿了
鑰匙引着林冲分付曰倉廒内自有官司封記這几堆草自有數目你若買酒
吃時拿這個大葫芦東去五里便有市井老軍和差撥回營裡來却說林冲安
下行李看那四下里都崩壞了自思曰這屋如何過得一冬待雪晴了叫泥水
匠來修理在土坑边向了一回火覺得身上寒冷尋思恰纔老軍說五里路外
有市井何不去沽些酒來吃便把花鎗挑了酒葫芦出來信步投東不上半里
路看見一所古廟林冲拜曰神明保祐改日來燒紙却又行一里見一簇庄
家林冲逕到店裡庄家曰客人那裡來林冲曰你不認得這個葫芦庄家曰這

林冲挑去葫蘆買酒

是草場老軍的既是大哥來此請坐先待一席以作接風之禮林冲吃了一回却買了一腿牛肉
一葫芦酒把花鎗挑了便回到晚奔到草場看時只叫得苦原來天理昭然佑護忠臣義士這場
大雪救了林冲性命那兩間草廳已被雪壓倒了放下花鎗撇開破壁入去摸時火種都是雪火

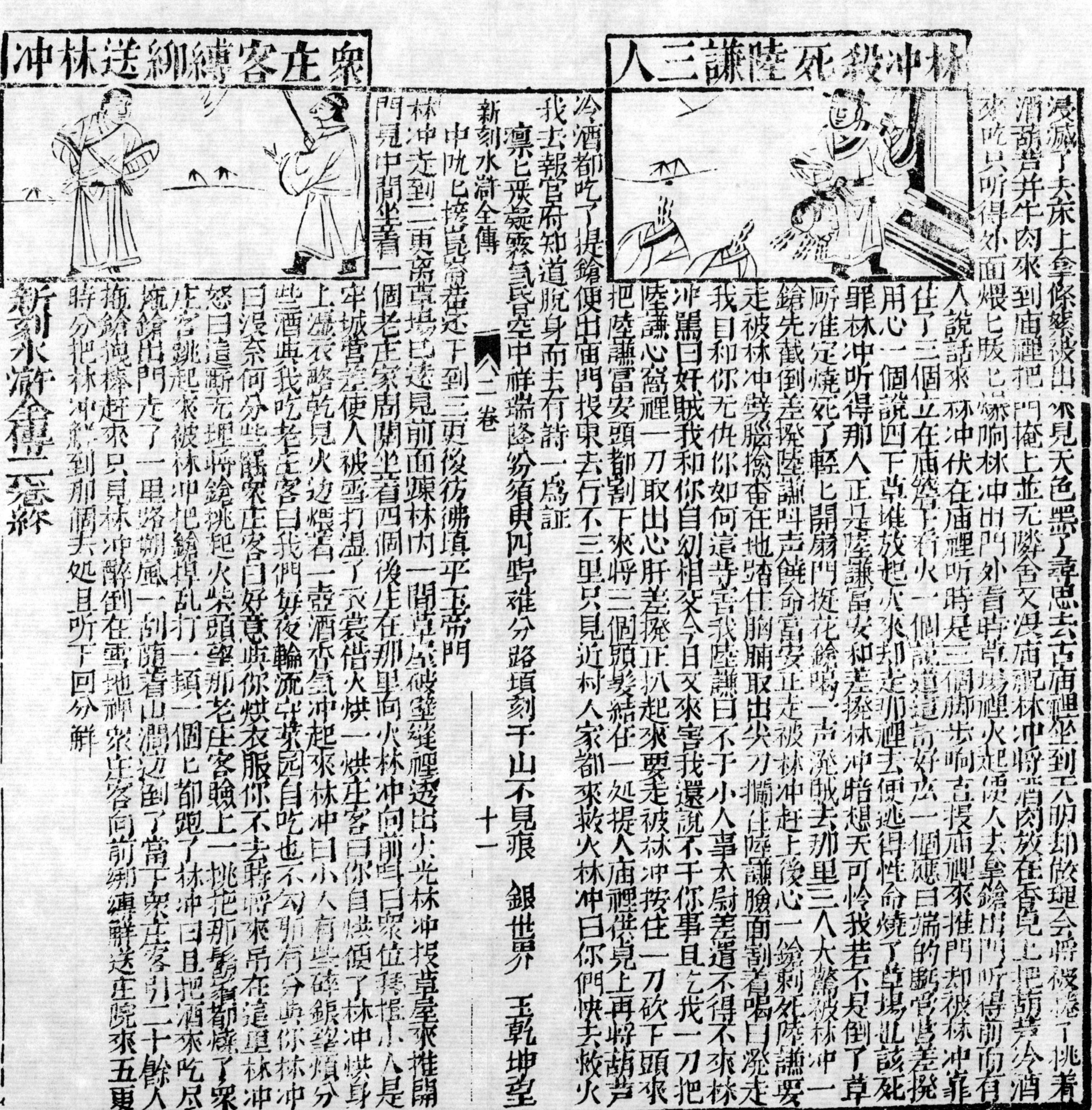

林冲殺死陸謙三人

浸滅了去床上拿條絮被出來見天色黑了尋思去古廟裡坐到天明却做理会將絮被捲了挑着酒葫芦并牛肉來到廟裡把門掩上並无隊舍又沒廟祝林冲將酒肉放在香卓上把葫芦冷酒來吃只听得外面爆〻响林冲出門外看時草場裡火起便入去拿鎗出門听得前面有人說話來林冲伏在廟裡听時是三個脚步响直投廟裡來推門却被林冲靠住了三個立在廟簷下看火一個說道這計好么一個應曰端的虧管營差撥用心一個說四下草堆放起火來却走那裡去便逃得性命燒了草場也該死罪林冲听得那人正是陸謙富安和差撥林冲暗想天可怜我若不是倒了草廳准定燒死了輕〻開扇門挺花鎗喝一声潑賊去那里三人大驚被林冲一鎗先截倒差撥陸謙叫声饒命富安正走被林冲赶上後心一鎗剌死陸謙要走被林冲劈腦揪倒在地踏住胸脯取出尖刀攔住陸謙臉面割着喝曰潑我自和你无仇你如何這等害我陸謙曰不干小人事太尉差遣不得不來林冲罵曰奸賊我和你自幼相交今日又來害我還說不干你事且吃我一刀把陸謙心窩裡一刀取出心肝差撥正扒起來要走被林冲按住一刀砍下頭來把陸謙富安頭都割下來將三個頭髮結在一処提入廟裡供在卓上再將葫芦冷酒都吃了提鎗便出廟門投東去行不三里只見近村人家都來救火林冲曰你們快去救火我去報官府知道脫身而去有詩一為証

凜〻严凝霧氣昏　空中祥瑞降紛紛　須臾四野難分路　頃刻千山不見痕　銀世界　玉乾坤　望中吮〻接崑崙　若还下到三更後　彷彿填平玉帝門

衆庄客縛綁送林冲

林冲走到二更离草場已遠見前面疏林內一間草屋被雪壓破壁縫裡透出火光林冲投草屋來推開門見中間坐着一個老庄家周圍坐着四個後生在那里向火林冲向前叫曰衆位拜揖小人是牢城營差使人被雪打湿了衣裳借火烘一烘庄客曰你自烘便了林冲烘身上湿衣略乾見火边煨着一壺酒香氣冲起來林冲曰小人有些碎銀望煩分些酒与我吃老庄客曰我們每夜輪流守米園自吃也不勾那有分与你林冲曰湿奈何分些罷衆庄客曰好意与你烘衣服你不去將將來吊在這里林冲怒曰這厮无理將鎗挑起火柴頭望那老庄客臉上一挑把那髭鬚都燒了衆庄客跳起來被林冲把鎗桿乱打一頓一個〻都跑了林冲曰且把酒來吃尽挽鎗出門走了一里路朔風一剮隨着山澗边倒了當下衆庄客引二十餘人拖鎗拽棒赶來只見林冲醉倒在雪地裡衆庄客向前綁縛解送庄院來五更時分把林冲解到那個去処且听下回分觧

新刻水滸全傳二卷終

○第十回　朱貴水亭施號箭　林冲雪夜上梁山

百字令詞

天下震怒　掀翻銀海　散乱珠箔　六出奇花飛滚乚　平塡了
山中丘　皓虎顛狂　素麟猖獗　掣断珍珠索　玉龍酣戰金
甲满天飄落　誰念萬里関山　征夫僵立縞帶沾旗脚　色映戈
矛　光揺劍戟　殺氣横戎幕　貔虎豪雄　偏裨驍勇　共與談
兵略　須拚一醉　看取碧空寥廓

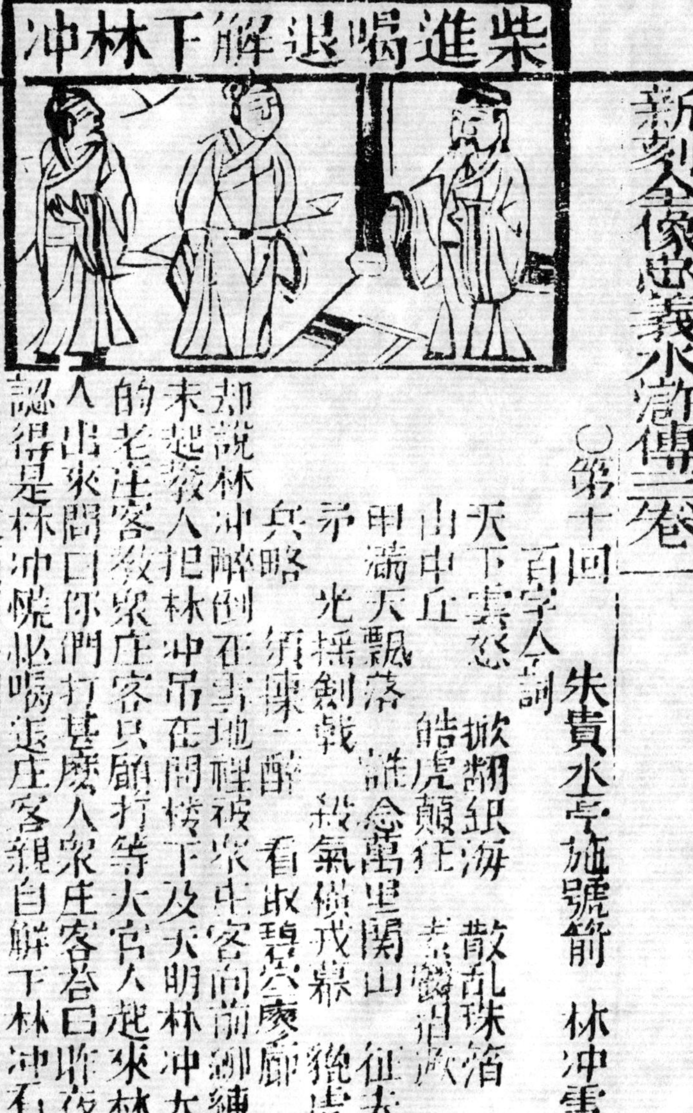

却説林冲醉倒在雪地裡被衆庄客向前綁縛解投庄院來庄童出曰大官人未起教人把林冲吊在門樓下及天明林冲大叫甚人吊我在這里那被火燒的老庄客叙衆庄客只顧打等大官人起來林冲被打挣扎不得只見一個官人出來問曰你們打甚麼人衆庄客答曰昨夜捉得一個賊那官人近前看時認得是林冲慌忙喝退庄客親自解下林冲看時却是柴進便叫大官人救我柴進邀到裡面坐下問曰教頭因甚到此林冲把燒草塲之事説了一遍柴進曰兄長如此命蹇這是小弟的東庄且住幾日再做商議教取衣服與林冲換了安排酒食相待自此林冲只在柴進庄上住了六七日却説滄州牢城營裡管營首告林冲殺死差撥陸虞候三人放火燒了草料塲州尹大驚隨即押了公文仰緝捕人員出三千貫賞錢挨拿正犯林冲挨捕甚緊林冲听得對柴進説如今官司追捕甚緊倘或查到庄上恐累了大官人不便既蒙仗義疎財求些盤費投奔他方異日當效犬馬之報柴進曰小弟有個去處作書一封與兄長去如何有詩為証

豪傑蹉跎運不通　同我隨處被牢篭
不因柴進修書薦　焉得馳名水滸中

林冲過關入店買酒

林冲曰大官人指教投何處去柴進曰是山東濟州管下有一水鄉名梁山泊方圓八百餘里中間是宛子城蓼兒洼有三個好漢在那里扎寨為頭的喚做白衣秀士王倫第二個喚做摸着天杜遷第三個喚做雲裡金剛宋萬聚下七八百嘍囉那王倫曾投奔我來與我交厚我今修一封書與兄長去投彼何如林冲曰如此最好柴進曰只是滄州差兩個軍官把住路口兄長必從那里經過難以脫身我生一計送兄長過去就教庄客備了三十疋馬帶了弓箭鷹鷂獵狗打獵為由將林冲藏在裡面都无閑碍把關軍官看見柴進來起身迎曰大官人又去快活柴進下馬問曰二位在此貴幹軍官曰滄州太尹行文画影圖形捕捉犯人林冲着某等在此把守但有過往之人一一盤問絕放出關柴進曰我這夥人决不敢帶林冲軍官曰大官人是知法度的怎肯帶他柴進辭別上馬出關去了行得十四五里柴進叫林冲換了衣服繫了腰刀背上包裹辭別去了柴進人馬自去打獵林冲行了數日看七天晚望見靠湖一個酒店林冲入店坐下叫酒保打酒來酒保鋪下飲食林冲吃

了三四碗酒問酒保曰此去梁山泊還有多少路酒保曰此去這有數里都是水路若要去時須用船去林冲曰你與我去覓隻船兒酒保曰這般大雪天色已晚那里去討船林冲想起在京師做教頭禁軍中每日遊翫吃酒誰想今日在這裡受此寂寞便問酒保借筆硯來却在粉壁上題四句七言詩云

朱貴引林冲快上船

仗義林冲最朴忠　馳名到處聚英雄
身孤恰似浮萍梗　他年得志鎮山東

林冲題罷叫再取酒來正飲間只見一個大漢從裡面走出來把林冲撈腰揪住叫道好大膽你在滄州做下迷天大罪見今官府出三千貫賞錢捉你林冲曰我姓張那漢子咲曰見今壁上寫着名字臉上又有金印如何賴得過林冲曰你真個要拿我漢子咲曰我拿你做甚麼你跟我進裡面說話林冲跟到水亭上点起灯來坐下那漢問曰我听見兄長只顧問梁山泊做甚麼那里是強人山寨你問何故林冲曰實不相瞞如今官司追捕得緊无处安身去投山寨入夥那漢曰必有人荐麼林冲曰滄州横海郡柴大官人舉荐那漢曰柴大官與山寨大王交厚常有書信來往原來王倫當初與杜遷投奔柴進庄上住了幾時臨行又送銀兩因此有恩林冲問曰頭求大名那漢答曰小人姓朱名貴原是沂州沂水縣人江湖上人称小弟做旱地忽律在此開店為名專探往來客商有財帛者便去山寨報知孤单客人放他過去有財帛者輕則蒙酒麻翻重則登時結果適纔見兄長問梁山泊路頭因此不動手欠後見寫大名來我常聞人說兄長豪雄不期今日得会林冲曰如何能勾得船來渡過去朱貴曰兄長放心暫宿一宵五更却來請兩人各自去歇息了五更時分朱貴叫林冲起來飲待酒食了朱貴取了一枝响箭看着对面射去少刻只見芦葦泊裡三五個嘍囉搖着一隻船過來逕到水亭下朱貴引林冲下船嘍囉把船搖開望金沙灘來林冲看時見那梁山水泊果然是個陷人去處但見

朱貴引林冲見王倫

山排銀浪　水接遥天　乱芦攢萬萬隊刀鎗　怪樹列千千層劍戟
濠边鹿角　俱將骸骨攢成　寨內碗瓢　尽是骷髏做就　剝下人皮
蒙戰鼓　截來頭髮作韁繩　阻當官軍　有无限断頭巷陌　遮攔盜
賊　是許多逕林巒　鵝卵石疊疊如山　苦竹鎗森森似雨　断金
亭上浮雲起　聚義厅前殺氣生

當時小嘍囉把船搖到岸边朱貴同林冲上岸嘍囉背了抱裹兩個上山寨來林冲看岸兩边都是合包大樹半山一座断金亭子再走上來見座大關關前擺着鎗刀弓弩四边都是擂木砲石兩边擺着隊伍旗號又過兩座關隘方纔到寨門口看見四面高山三關雄壯團團圍定中間一片平地方可三五百里靠着山口纔是正門兩边都是耳房朱貴引着林冲來到聚義厅上中間坐着白衣秀士王倫下手坐着杜遷右手坐着宋萬朱貴道這位是東京八十萬禁軍教頭姓林名冲因被高太尉陷害剌配滄州又被火燒大軍草料場殺死三人逃走在柴大官人家今有書來舉荐入夥林冲取書

林冲苦告八夥不從

迊上王倫接來看了便請林冲坐第四位朱貴坐第五位取酒來把了三廵王倫動問柴大官人了猛肰野忠我是秀才因忿气合着杜遷宋萬聚集許多人馬我又沒十分本事如今添了這個人他是禁軍敎頭倘若識破我不便不若推却事故発付下山便了一面安排酒食王倫叫嘍啰托出十兩白銀兩疋紵絲王倫曰柴大官人舉荐教頭來敝寨爭奈小寨粮少人力寡消恐悮足下略奉消礼别尋大寨切勿見怪林冲曰小人千里而來憑柴大官人面皮逕投大寨望賜收錄王倫曰我這里是小去處如何安得你休怪休怪朱貴諫曰山寨粮少近村遠鎮可以去借這位是柴大官舉荐如何不受杜遷宋万都劝曰柴大官面上可以容他不見我們背義王倫曰他在滄州雖犯大罪却不知心腹何如要有投名狀來方可准信林冲曰乞紙筆來便寫朱貴咲曰教頭錯了但是好漢入夥須七下山去殺個人把頭獻納他便无疑這個叫之投名狀林冲曰這事不難下山去等只怕沒人過王倫曰限你三日有投名狀來容你入夥若三日沒有時休怪林冲應承了有詩為証

愁懷鬱七苦难開　可恨王倫忒弄乖
明日早尋山路去　不知那個送頭來

當晚朱貴相别下山自去守店林冲次早起來吃飯提了朴刀叫嘍啰領路下山等候一日並无人過林冲悶七回寨次日又和嘍啰下山投南山路去等到午時一夥客人約有三百餘人結夥而過林冲不敢動手讓他過了等到大晚並无一人過林冲对嘍啰曰等了兩日不見一個孤客

林冲下山取投名狀

過如何是好嘍啰曰哥七放心明日还有一日限我和哥七東山路上等候当晚上山王倫曰君明日再无不必相見林冲回房兴曰不想如此命蹇一連二日取不得投名狀天明起來背了包袱提了朴刀和嘍啰下山過渡投東山路上來林冲曰今日取不得投名狀時只得去别処安身兩個來到林子裡面等候時遇殘雪初晴日色明朗望見一個人來林冲看時見那人挑担行李林冲是朴刀驀地赶去那漢子見了丟担便走林冲曰你看我命苦極了等了三日得一個人來又被他走了嘍啰曰雖肰殺不得人這一挑財帛可以抵当林冲曰你與我挑上山去我再等一等只見山坡下轉出大漢挺着朴刀大叫如雷喝曰潑賤將俺行李那里去赶將來且听下回分觧

〇第十一回　梁山泊林冲落草　汴梁城楊志賣刀

天罡地殺下凡塵　托化生身各有因　落草固緣屠国士
賣刀豈可殺平人　東京已降天蓬帥　此地生成黑殺神
豹子頭逢青面獸　同帰水滸乱乾坤

那大漢身長七尺五寸面皮上一搭青記腮边微露赤鬚挺朴刀赶來林冲挺刀來迎但見　殘雪初晴　薄雲方散　溪边踏一片寒冰　岸上湧兩條殺氣　一上一下　似雲中龍鬦水中龍　一往一來　如岩下虎鬦林中虎　一個是擎天白玉柱　一個是駕海紫金梁　架隔遮攔　却似馬超逢翼德　盤旋点撥　渾如敬德遇秦瓊　鬦來半晌波輸贏　戰到数番无勝敗　果肰功華画难成　便是鬼神須胆落

楊志林冲二人相鬪

林冲與那漢鬪有一四十合不分勝敗只見山高處叫曰兩個好漢不要鬪了兩個收住刀看時却是王倫和杜遷宋萬走下山來說兩位好漢端的好兩口朴刀這個是我兄弟豹子頭林冲你那漢是誰願通姓名那漢道俺是三代將門之後武侯楊令公之孫姓楊名志幼年曾應武舉做到殿司制使官因道君帝蓋萬歲山差十二個制使去太湖搬運花石綱赴京來到黃河遭風打翻了船失陷石綱不能回京復命如今逢赦收得一担錢物回東京樞密院使用從這裏經過那知兒被他奪了可把來還我王倫曰哥已我數年前亦到東京應舉亡聞制使大名幸今日相見請到山寨少敘序時並九他意楊志只得上山來到聚義廳上分賓坐定王倫教置酒款待楊志酒至數巡王倫對楊志曰林冲兄弟是東京八十万禁軍教頭被高太尉刺配滄州犯事新到山寨制使又見有罪的人雖經赦宥難復前職不如在小寨歇馬同做好漢不知尊意如何楊志曰多蒙携帶只是洒家有個親眷見在東京前名因官事連累他不曾酬謝得望衆頭領擲下行李如不肯还空手也去王倫笑曰既是制使不肯在此不敢強逼且住一宵明日從命楊志大喜當日飲酒至二更方散次日又置酒與楊志餞行衆頭領數嘍囉挑行李送楊志下山來路口分別回寨王倫自此教林冲坐第四位朱貴坐第五位却說楊志上大路不數日到東京有詩為証

淸白傳家楊制使　耻將身跡履危机
豈知奸佞残忠義　頓使功名事已非

楊志街上看見牛二

那楊志入城投店安下數日托人去樞密院打点將財物買上賂下纔得申引見高太尉那高俅把從前文書看了大怒曰既是你十個制使去搬運花石綱九個回來交納了偏你這廝將花石綱失陷在外多時不來復命今日雖經赦宥所犯罪名难以委用把文書一筆批倒將楊志趕出殿帥府來楊志煩悶回到店中思想王倫劝得是只為洒家淸白姓字不肯相從今日指望有個好処不想被高太尉刻苦心中煩惱盤纏又使尽只有祖上留下這口宝刀如今事急只得拿去街上貨賣得些錢鈔做盤纏投往他処安身走到街上站了半日並无人問轉到天漢橋去賣只見那兩边站的人都跑入巷去躲了都說道大虫來了楊志曰好怪恁城市裡那有大虫來只見遠遠的一個大漢吃得半醉一冲一撞將來楊志看那人形貌粗忠原來是京師有名的破落戶叫做沒毛大虫牛二專一在街坊上撒潑行兇滿城人見那厮都躲了牛二搶到楊志面前問曰你這刀要賣幾貫錢楊志曰是祖上留下宝刀要賣三千貫牛二喝曰甚麼宝刀賣得許多錢有甚好処楊志曰第一件砍銅剁鐵刀口不捲第二件吹得毛過第三件殺人不沾血牛二曰我便把銅錢放在欄杆上你若剁得開時我还你三千貫錢楊志拿力在手只一刀把銅錢剁做兩半衆人都喝采牛二曰第二吹毛我不信就自己頭上拔下數根頭髮遞與楊志曰你且吹我看楊志接頭髮望刀口上一吹那毛都做兩段牛二又曰第三件殺人刀下没血痕你剁個人我看楊志曰如何敢殺人你去拿隻狗來殺與你看牛二曰你說殺人不曾說殺狗楊志曰你不

買俩罷只管經人做甚麼牛二曰你敢殺我麼楊志曰你好沒來由殺你做甚麼牛二揪住楊志曰我沒了這口刀楊志大怒把牛二推了一跌牛二扒起來鑽入楊志怀裡楊志叫曰街坊隣舍都是証見我因沒有盤纏賣這口刀這個潑皮强奪酒家的刀又將俺打衆人都怕牛二誰敢來

楊志除害殺死牛二

劝楊志受欺不過一時性起把牛二搠死叫道你們跟我去開封府出首衆人只得隨楊志到府前正值府尹陞堂楊志拿了刀和地方衆人一齊跪下告曰小人原是殿司制使楊志為因失了花石綱削去本職沒有盤纏將這口刀在街坊上賣被牛二强奪又打小人因此性起將牛二殺死衆隣舍都替楊志告說府尹曰既是自行出首饒了你打且取長枷匕了差官檢驗結成文案將楊志收監衆人得楊志殺了牛二除了街上一害都助他盤纏使用押司喫他是個好漢把狀詞都改輕了招做一時鬬毆傷人命招了六十日限滿押司禀過太尹將楊志斷了二十棒杖剌了兩行金印送配北京大名府留守司充軍差兩個防送公人張龍趙虎監押上路天漢州橋衆人請那兩個公人到酒店把出銀兩賫発公人曰念楊志是個好漢與民除害今去北京望乞二位看顧張龍趙不受了曰我們也知他是好漢不消列位分付衆人又將銀両送楊志做盤纏楊志拜謝各自散去楊志與公人取了行李不數日來到北京尋店安下原來大名府留守司上馬管軍下馬管民最有权势喚做梁中書諱世傑乃是当朝太師蔡京的女婿次日開守陞堂兩個公人解楊志到廳前呈上公文梁中書看了原在東京時也曾認得楊志備問情由楊志

將高太尉不容復職致悮殺死牛二的事情一一告訴了梁中書大喜就留在帳前听用押了批回與公人回了東京自此楊志只有來中書府中听用中書有心要抬挙他做個中軍副牌月支請受只恐衆人不伏一日傳下号令諸將來日都要赴教場操演武藝梁中書喚楊志曰我要抬

梁中書教楊志比試

挙你做個中軍副牌月支一分請受不知你武藝如何楊志禀曰小人應過武挙會做殿司府制使今日蒙恩相抬挙如撥雲見日当効啣环之報梁中書大喜賜與衣甲一副有詩為証

楊志英雄偉丈夫　賣刀市上殺狂徒
郑教罪配幽燕地　演武場中敵手无

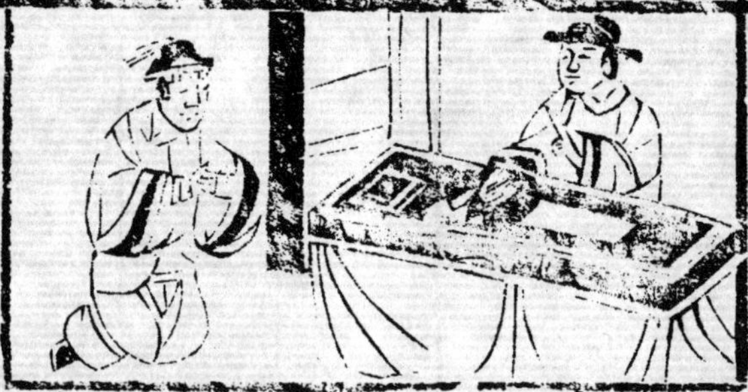

次日梁中書帶領楊志來到教場中演武所坐下左右擺列衆制使武官前後簇擁着百員将校將臺上立着两個都監一個喚作天王李成一個喚做大刀聞達臺上竪起一面大旗兩下立着五十对金鼓于是擂了三声画角発了三通擂鼓大小三軍一齊整肅將臺下一面引軍紅旗招動只見鼓声响処五百軍列成兩陣將臺上又把白旗招動兩隊馬軍齊上立住面前梁中書傳令教喚副牌中軍周謹听令施逞武藝周謹得了將令綽鎗上馬將手中鎗使了幾路梁中書曰教東京新挨配軍楊志听令曰你原是東京殿司府制使軍官今配來此間即目国家用人之際你敢與周謹比試麼若贏得他我便迁你充其職役楊志曰蒙恩相鈞旨安敢有違随即披挂上馬跑將出來與周謹先比鎗法周謹怒曰這賊配軍敢來與我比鎗二人正欲交鋒且

周謹被楊志射落馬

〇第十二回　急先鋒東郭爭功　青面獸北京演武

得罪幽燕作配戎　當場比試較英雄　棋逢敵手难終局　將遇良才始用功
蝴將弓彎欺滿月　点鋼鎗刺耀霜風　直饒射虎穿楊手　必在今朝勝負中

却說楊志周謹二人正欲交鋒只見兵馬都監聞達上厛來禀曰刀鎗足无情之物恐有傷損令將鎗頭去了各用毡片包裹紮了在灰各穿皂衣但是鎗尖廝搠白点多者當輸梁中書依說傳令到陣上楊志周謹各去鎗頭紮了在灰各穿皂衣上馬兩個上陣閗了五十合臺上鳴金兩個勒馬回陣看周謹身上斑々点々約有四五十処那楊志只有左肩胛上一点白梁中書大喜喚周謹上厛看了跡曰這般武藝如何南征北討即令楊志替此人職役都監李成禀曰周謹鎗法生踈弓馬熟若除了職役恐衆軍不伏再令楊志與周謹比箭二人得了將令楊志禀曰陣上弓箭死処恐有傷損請鈞旨梁中書曰武夫比試但有本事射死勿論李成又禀曰乞賜各人一面遮箭牌梁中書依言二人又上陣來楊志曰你先射我三箭周謹恨不得把你射死楊志拍馬望南而走周謹縱馬赶來搭上箭望楊志後心一箭楊志听弓弦响将身躲過那箭射空了周謹見一箭射不中又搭第二枝箭射來楊志見那箭來用弓稍只一撥那箭落在地下周謹見第二箭又射不着心裡越慌楊志勒回馬望正厛上來周謹赶來取第三枝箭射來楊志回身把箭接在手裡便縱馬入演武厛前中書見了教楊志也射周謹三箭周謹拿了傍牌在手拍馬

楊志再與索超比試

望南而走楊志縱馬便赶先把弓虛搠弦响周謹听得弦响回身擧牌來遮却閃個空周謹忖曰這廝只会使鎗不会射箭等他第二枝箭再虛搠時我便喝住了他便拍馬望演武厛來楊志却取箭搭上弓弦心中想曰我要射他心窩必傷他性命只射他不着命処罷一箭正中周謹左肩番身落馬衆軍救了周謹梁中書大喜叫軍政司立了文案楊志頂替周謹職役楊志喜氣洋々正拜謝中書只見一人叫曰我和你比試楊志看那人身長七尺面圓耳大唇濶口方一部落腮鬍子威風凜々相貌堂々直叩中書禀曰周謹比試患病新愈因此悞輸小將不才願與楊志比試若小將輸他時便教楊志頂小將職役梁中書看時正是正牌軍索超為人性急人都叫做急先鋒李成禀曰周謹不是对手正好與索正牌比試梁中書忖道我要抬擧楊志恐衆將不伏今番贏了索超時却无話說便與楊志曰着意用心楊志謝了却去披挂李成分付索超曰周謹是你徒弟先自輸了你若有踈失他把大名官府軍官都看輕了索超曰不妨事便去披挂了提着金蘸斧勒馬出陣楊志挺鎗立馬於陣前旗牌官手執令旗喝曰奉鈞旨兩將用心如有虧輸定行責罰若是嬴時多有重賞二人得令縱馬出陣兩馬相交兵器並舉兩個閗到五十餘合不分勝敗梁中書看得呆了聞達看了恐二人有失慌忙教旗牌官去與二人分了旗牌官叫曰相公有令二將住手兩個勒馬各回本陣中書教取兩錠白銀兩副表裏賞賜二人就陞二人為管軍提轄使索超楊志拜謝了梁中書與大小軍官在演武筵宴飲至暮席散衆官員都送歸

鄆縣土兵綁拿劉唐

府各自散了次日却是端午節梁中書與蔡夫人後堂蒲酒慶賞端陽酒至數盃夫人曰我父親六月十五生辰可使人收買金珠寶物進上京師慶壽中書曰我正要打点只是一件去年收買許多宝器送至半路被賊人劫去今次必須令的當人押去纔好從長商議不題却說山東濟州鄆城縣知縣姓時名文彬升堂喚捕盗巡捕都頭一個馬兵都頭姓朱名仝身長八尺五寸生一部五路髭鬚長一尺五寸面如紅棗目若朗星一似関王模樣滿城人都称他做美髯公原是本处富戶只因他仗義踈財結識江湖上好漢學得一身武藝一個步軍都頭姓雷名横身長七尺五寸面如紫糖色一部扇圈鬍鬚為他膂力過人能跳三丈濶澗滿城人都叫他做插翅虎原是本縣鐵匠出身後做屠戶雖然仗義有些匾窄亦能武藝當日知縣喚這兩個土兵所來分付曰濟州管下但屬水鄉今梁山泊賊盗聚衆打劫拒敵官軍亦恐來攛擾鄉民不便喚你兩個帶領一千兵一個出東門一個出西門分投巡捕若有賊人捉來試賞不可擾動鄉民兩個都頭領命各自分投巡警雷横當晚引土兵出東門到東溪村灵官廟前見殿門不閉雷横曰這殿裡恐有賊在裡面我們入去看一看衆人擎着火把照將入去只見供卓上赤條匕睡着一個大漢衆土兵一齊向前綁了押出廟門投那里去且听下回分解

○第十三回　赤髮鬼夜卧灵官殿　晁天王認義東溪村

勇悍刘唐命運乖　灵官殿裡夢非佪　偶遇巡邏遭捆縛　致使英雄困草萊

鹵莽雷横應陋計　仁慈晁蓋独怜才　生辰賞貢諸珍貝　捴被斯人送得來

晁蓋庄上欵待雷横

却說雷横同衆土兵縛了那漢去晁保正庄上討点心吃然後解縣原來東溪村保正姓晁名蓋祖是本鄉富戶平生仗義踈財愛結識天下好漢但有人來投他的便留庄上歇銀賣發他起身最愛刺鎗使棒不肯娶妻室本鄉有兩個村坊一個東溪村一個西溪村只隔一條大溪那西溪村常匕出鬼白日迷人无可奈何忽一日有個僧人逕過村人備說其事僧人指個去處用青石鑿個宝塔鎮住溪边那西溪村的鬼都赶過東溪村來晁蓋得知大怒走過溪把青石塔獨自托過東溪边放下因此人皆称他做托塔天王江湖上都聞他名字当夜雷横等到庄前敲門庄客報知晁蓋教開了門衆兵把那漢子吊在房裡雷横入到草堂坐下晁蓋出來問都頭有甚公幹雷横曰奉知縣鈞旨差我下鄉各处巡捕盗賊走得困乏來投貴庄借宿晁蓋教庄客安排酒食欵待晁蓋問曰兒身有賊否雷横曰却纔灵官廟裡有個大漢在共卓上睡我看不是好人今、在外面耳房裡晁蓋尋思曰有甚賊被他拿了我去看是誰便叫主管出來陪都頭飲酒我去净手便來晁蓋提灯來耳房裡看時只見那漢露出一身黑肉紫黑瀾腮邊一搭硃砂記上面一片黑黃毛晁蓋問曰你是那里人那漢曰小人是遠方客人逕來這里投個好漢晁保正却把我拿來当賊晁蓋曰你却尋他做甚麼那漢曰我有一場富貴與他說知晁蓋曰我便是保今要我救你時你却認我做娘舅少刻我送都頭出來時你便叫我做呵旧只說四五歲离了

我家人番來尋阿舅不認得因此在廟裡宿那洪曰若得救拔深感義士厚恩有詩為証

畢想一枕古祠中　被捉高懸弔索東　應是刘唐不該死　解圍晁蓋有奇功

晁蓋將銀解放劉唐

晁蓋把門拽上急入後堂來見雷横雷横告退晁蓋曰都頭官身不敢久留就送雷横出門士兵解下那洪晁蓋曰好個大漢雷横曰便是捉的賊那洪大叫阿舅救我晁蓋假意喝曰這廝莫不是王小三那洪曰我便是阿舅快救我雷横便問這人是誰那認得保正晁蓋曰原來是我外甥王小三六歲同家姊夫上南京去了十数年這廝十五歲跟他客人來這販棗子向後不曾見面因他鬢边有搭硃砂記以此認得晁蓋喝曰小三你如何不來我家却去村中做賊那洪叫曰我十五歲來時走了一遭昨日來晚記不得阿舅門路只得去廟裡睡不想被他們不問情由將我拿來晁蓋罵曰你不早來我家只在路上貪酒吃雷横劝曰保正息怒你令甥本不曾做賊我們在廟裡見他生得兇惡因此設疑捉了他即教士兵解了綁縛便曰保正休怪早知是令甥决不敢如此晁蓋曰請入再有話說雷横拜入草堂晁蓋取出十两花銀曰都頭休嫌輕微望乞笑留雷横拜謝不過領謝引士兵去了晁蓋引那洪到後堂取衣帽與他换了便問來由那洪曰小人姓劉名唐祖貫東潞州人氏因鬢边有這硃砂記人都叫做赤髮鬼特來送一套富貴與哥哥昨夜醉倒在廟裡被那廝來幸得相会哥哥請上受刘唐拜謝晁蓋答了禮曰你說送一套富貴與我見在何処劉唐曰小弟打听得北京梁中書收買十萬貫金珠宝貝送上東京與他丈

人蔡太師慶生辰赶這六月十五日小弟想他是不義之財取之无碍不知哥哥心下如何晁蓋曰你去客房少歇待我從長商議便教庄客引刘唐去客房裡安歇刘唐在房中思想曰多虧晁蓋救我但恨雷横平白騙保正十两銀子又吊了一夜不如赶去奪回銀子送还保正也显我本事便去鎗架上拿條朴刀走出庄門望南赶去六里大喝一声都頭不要去雷横回頭見刘唐赶來挺着朴刀喝曰你來如何刘唐曰你把銀子还我便罷雷横曰是你母舅送我的與你何干刘唐大怒輪刀便殺二人鬥了五十餘合不分勝败衆士兵見雷横贏他不得却要齐刀相助只見一個人秀才模樣掣两條銅鍊叫曰你二位且歇我有話說便把銅鍊一隔两個都收了朴刀那人生得眉清目秀面白鬚長乃是智多星吳用表字學究道号加亮先生祖貫本鄉人氏指刘唐曰你因甚與都頭争鬥刘唐曰我和他争鬥干你甚事雷横曰教授不知這廝夜來睡在灵官庙裡被我拿住帶見保正却是保正的外甥我看保正面上放了他保正送我些禮這廝瞞了保正赶到這里來取吳用劝曰你母舅與我至交又和都頭亦好他送禮與都頭你若取去恐傷了你令母舅面皮刘唐曰這人詐取阿舅銀两若不还我誓不回去雷横曰除是保正來取便

雷横告訴吳用情由

还决不还你是真的刘唐大怒與雷横正鬥間只見士兵道保正來了晁蓋喝曰小三畜生不得无理怎的赶來這里雷横曰令甥赶來問我取銀和小人鬥了教授劝解在此晁蓋曰都頭看治面請回容來日請罪兩別去了吳用曰不是保正自來做出一場大事這位令甥端的是好

晁蓋吳用二人議事

雷都頭也敵他不過晁蓋曰正要來請先生忽牧童來報一個大漢拿條朴刀望南赶去我唤他赶來却得教授劝住請教授到敝庄敘事吳用同晁蓋刘唐到庄上後堂分賓主坐定吳用曰此人是誰晁蓋曰此人姓刘名唐東潞州人氏因有一套富貴特來投奔被雷横拿到我家我假認他做外甥方脫他說有北京梁中書收買十万両金珠宝貝送上東京與他丈人蔡太師慶生辰早晚從這里經過他來正應我夢我昨夜夢見北斗七星墜在我屋脊上斗柄有一顆小星化道白光去了我想星照本家安得不利今持請教授商議此事若何吳用曰此事却好須得七八個好漢方可晁蓋曰莫非要應夢星之數吳用曰兄長這夢非常小可莫非本地再有扶持的人來吳用尋思了半晌曰有了晁蓋曰先生既有心腹好漢他去請來成就此事不知吳用說出甚人且听下回分解

○第十四回　吳學究說三阮撞籌　公孫勝應七星聚義

英雄聚義本无期　水滸山涯任指揮　欲向生辰邀眾宝
特扳三阮協神机　一腔豪傑欺黃屋　七宝光芒動紫微
眾守梁山同聚義　幾多金帛

吳用曰我尋思有個人義胆包天武藝出眾若得這三個人方纔成得此事晁蓋曰這三人却是誰吳用曰這三人在濟州梁山泊边石碣村打魚為生曾在泊子裡做私商勾當一個唤做立地太歲阮小二一個唤做短命二郎阮小五一個唤做活閻羅阮小七若得這三人大事必成晁蓋

吳用夜尋阮家兄弟

曰便可使人請來商議吳用曰使人請他不來須小生自去只不知生辰槓從那條路來再煩刘兄去北京打听個來歷刘唐曰小弟便去當夜吳用逕投石碣村來次日撞到阮小二家叫曰二哥在家麼只見小二出來吳用看時生得偃𩓐臉兩眉竪起略綽口胸前一帶黃毛赤着双脚見了吳用慌忙曰教授何來吳用荅曰小生今在一個大財主家做門館他要办筵席用十數尾重十四五斤的金色鯉魚特來相投小二咲曰且和教授吃三杯了去吳用叫声七哥阮小七出來咲曰教授多時不曾相見吳用曰特來相央你們說話敢煩二位去尋五哥同來商議一件好事阮小二見小七同吳用下舡撑至湖泊裡不多時到一個高阜処上岸只見七八間草房阮小二叫曰着娘五哥在家麼那婆子應曰連日出鎮上賭錢去了小二便把舡撑開掉了半個時辰只見独木橋边一個漢子手拏兩串銅錢下來觧舡阮小二曰五郎來了吳用看時只見双手如鉄棒兩眼似銅鈴面生咲容心怀鼠毒吳用叫曰五郎得來麼小五曰教授兩年不曾相見今日我和教授同去水閣上吃幾盃郎忙下舡來兩隻舡撑到水亭下上岸入到水閣內四個坐定叫酒保把一桶酒來酒保擺了酒四個飲至半酣小五曰教授到此貴幹阮小二曰教授如今在財主家做門館逕來討十數尾金色鯉魚要重十數斤的特來尋我們阮小五曰往常時要三四十斤的也有如今便要十斤的也难得阮小七曰教授遠來我們也要尋十數個重五六斤相送吳用曰小生随身價錢吳用尋思這酒店难說今夜去他家投宿却好商量阮小二曰請教

三阮與吳用訴衷情

授权在我家暫宿一宵明日早再計較还了酒錢四人上舡逕投阮小二家來坐定阮小七叫哥嫂安排酒來吳用曰慿大去処忽然沒有大魚阮小二曰這等大魚除是梁山泊裡纔有我這石碣湖中狹小存不得大魚吳用曰這里與梁山泊一派相通之水如何不去阮小二曰如今泊子裡有夥强人占了不容打魚為頭的喚做白衣秀士王倫第二個喚做摸着天杜遷第三個叫做雲裡金剛宋万有一個旱地忽律朱貴見在道口開店專一探听事情如今新添一個是東京禁軍教頭豹子頭林冲十分武藝如今把住泊子絕了我們衣食吳用曰官司如何不捉他小五曰捕盜官那個敢去他那里吳用曰他們到快活小二曰他們論秤分金銀異樣穿錦綉我們兄弟空有本事怎學得他吳用曰這樣人倘被官司拿去也是自做的阮小二曰如今官司沒分曉犯了迷天大罪的都沒事但有人肯帶挾我的水裡水裡去火裡火裡去吳用暗地想曰這三個都有意了我且慢〻誘他再听他出言如何有詩為証

只為奸邪屈有才　從教惡曜下凡來
試看小阮三兄弟　同劫生辰不義財

吳用曰你們怨着打魚不得却去擄寄且不好也阮小二曰先生不知我們兄弟幾次要去入夥听得說王倫那厮心地窄狹若得似教授這般情分我們多時去了吳用曰量小生何足道哉此間鄆州城東溪村晁保正你們曾認得他否阮小五曰莫不是叫做托塔天王晁蓋麼吳用曰正

晁蓋庄上宰牲立誓

是此人小七曰雖然與我們只隔百里路緣分淺薄不曾相会吳用曰仗義好漢如何不與他相見我今对你实說我今在晁保正庄上住如今探听得有套富貴待取我來和你們商議同去如何小五曰却使不得他既是仗義疎財好漢我們却去害他道路被江湖上好漢咲話吳用曰我只道你們兄弟心不堅原來真個好義我对你說這件事非同小可的勾当目今朝中蔡太師是六月十五日生辰他的女婿是北京大名府梁中書即目起解十万貫金珠宝貝慶賀生辰來請你們去商議取此不義之財大家圖一世富貴教小生只做買魚為名與你們三位計較成此一事何如小七跳起來曰一世指望今日还愿了幾時去吳用曰明日五更一齊同去三人大喜有詩為証

壯志淹留未得伸　今逢學究啟其心
大家齊上梁山泊　邀取生辰宝共金

次日三兄弟跟吳用投東溪村來晁天王請入庄裡後堂坐定吳用把前話說了晁蓋大喜便教庄客宰猪殺羊安排錢紙就後堂擺下猪羊香燭錢紙祭天個〻說誓曰梁中書在北京害民騙人錢物與蔡太師慶生辰我等欲取不義之財六人中但有私意天誅地滅神明鑒察六人誓畢正在後堂飲酒只見庄客报說門首有個先生要見庄主化斋根晁蓋曰你可去與他三五升米便了去庄客曰小人将米與他不要只要面見保正晁蓋只得出來見那先生身長八尺道貌堂〻側問曰先生來尋保正有何見諭那先生曰

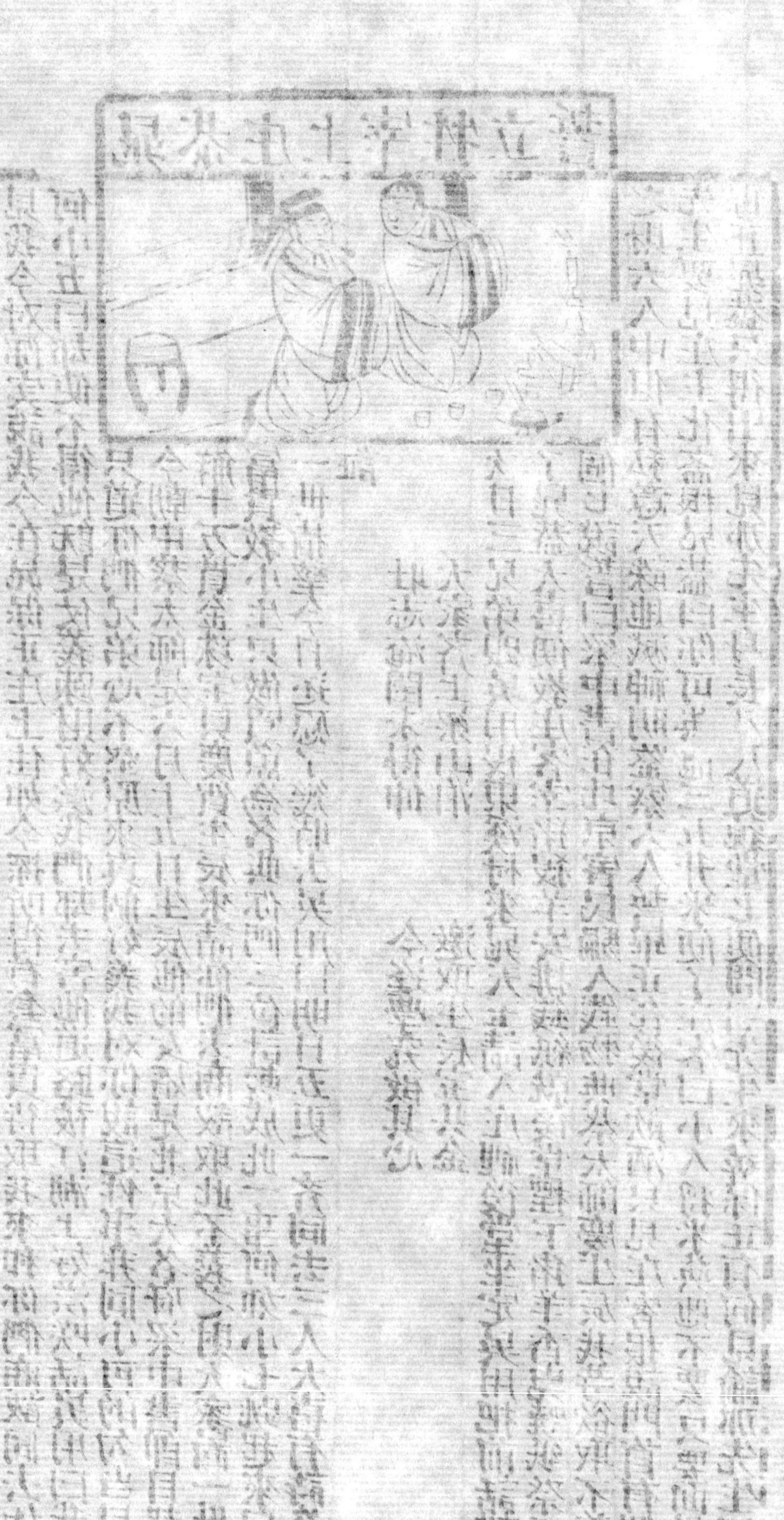

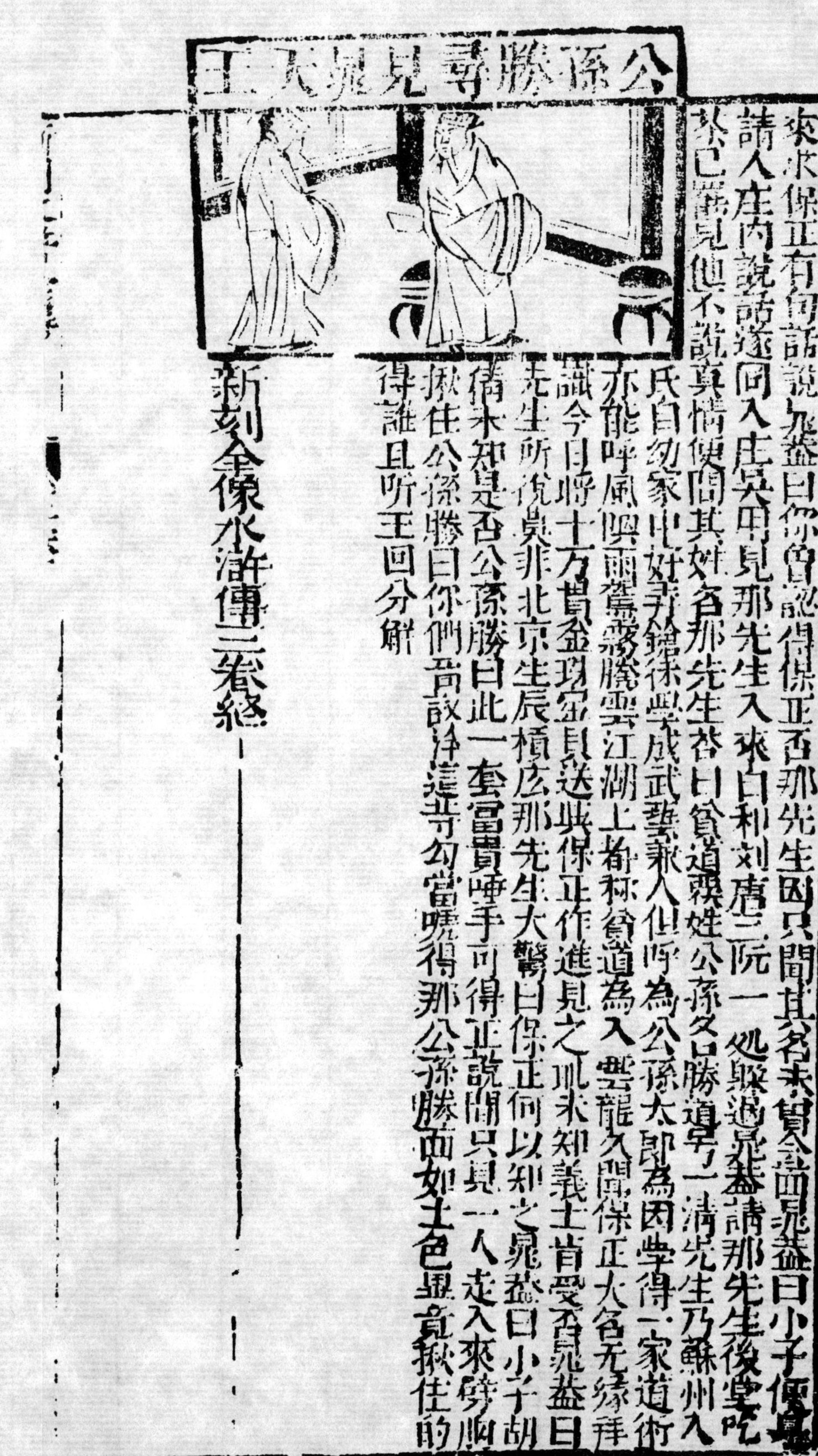

公孫勝尋見晁天王

來求保正有句話說。晁盖曰你曾認得保正否那先生因只聞其名未曾会面晁盖曰小子便是請入庄內說話遂同入庄吳用見那先生入來自和刘唐三阮一処躲過晁盖請那先生後堂吃茶已罷見他不說真情便問其姓名那先生答曰貧道覆姓公孫名勝道号一清先生乃蘇州人氏自幼家中好習鎗棒學成武藝多般人但呼為公孫太郎為因学得一家道術亦能呼風喚雨駕霧騰雲江湖上都稱貧道為入雲龍久聞保正大名无緣拜識今日將十万貫金珠寶貝送與保正作進見之礼未知義士肯受否晁盖曰先生所說莫非北京生辰綱麼那先生大驚曰保正何以知之晁盖曰小子胡猜未知是否公孫勝曰此一套富貴唾手可得正說間只見一人走入來劈胸揪住公孫勝曰你們商議這等勾當嘵得那公孫勝面如土色畢竟揪住的得誰且听王回分解

新刻全像水滸傳二卷終

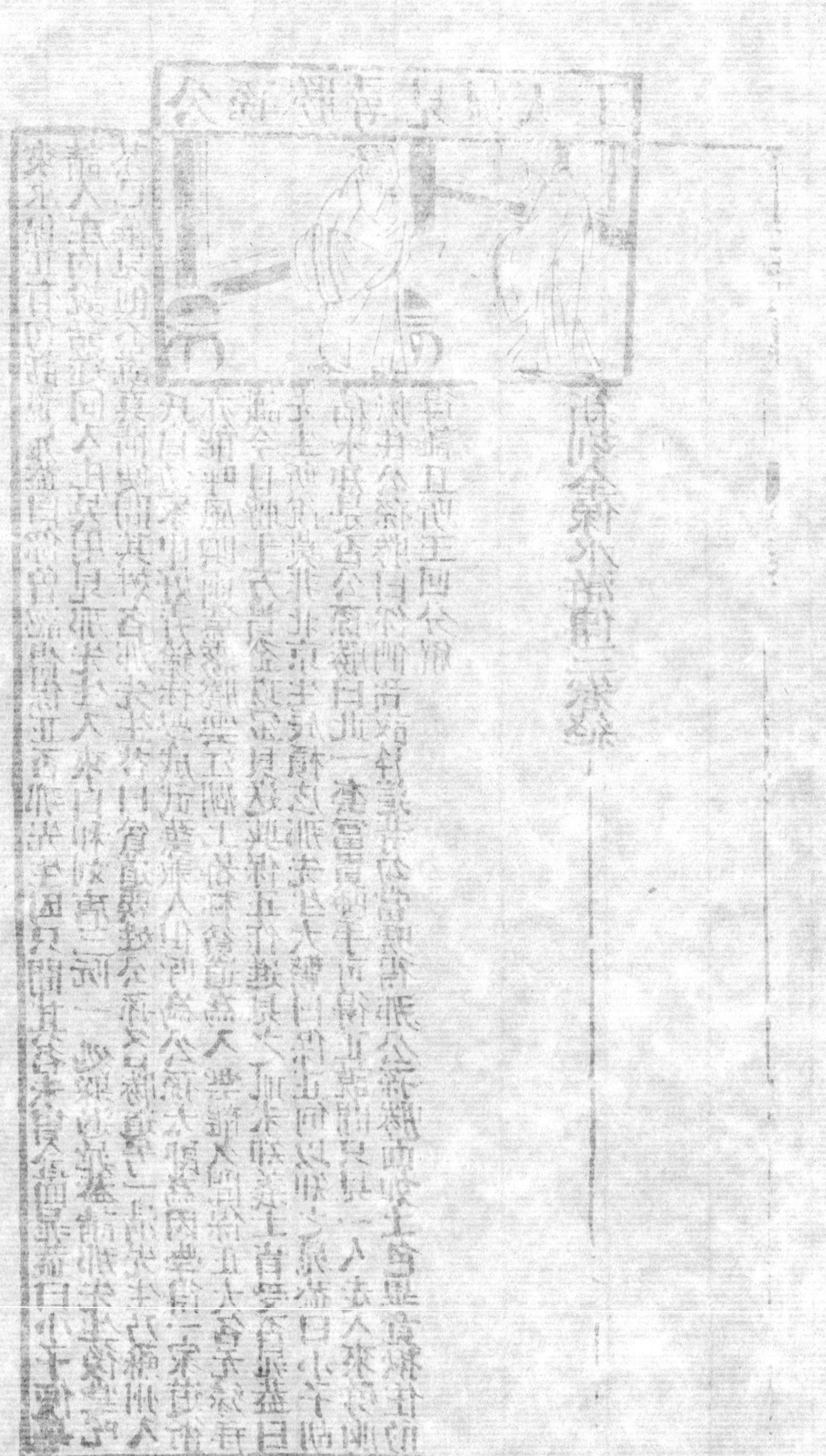

新刻金像忠義水滸傳四卷

吳用晁盖衆等計議

○第十五回　楊志押送金銀担　吳用智取生辰擔

罡星起义在山東　杀曜纵横水滸中　可是七星成聚会
却如四海曻英雄　人似虎　馬如龍　黄泥岡上巧施功
满馱金宝歸山寨　懊殺中書老相公

却説當時揪住公孫勝的是吳用晁盖笑曰先生休慌且請相見吳用曰久聞人說入雲龍公孫勝一清大名不期今日此処得会晁盖曰這位先生便是智多星吳學究公孫勝曰聞名久矣晁蓋教刘唐三阮来相見了衆人曰今日此一会應非偶然須請保正哥哥上坐晁蓋曰小弟怎敢占上吳用曰依小生說保正請上為人主宰晁蓋只得坐了第一位次後吳用公孫勝刘唐三阮兄弟依次而坐重整杯盤衆人飲酒吳用曰保正夢見北斗七星墜在屋脊上今日七人聚义豈不應上天垂象此一套富貴垂手可得明日便請登程公孫勝曰貧道所知在黄泥岡東十里路地名安樂村有人閑漢叫做白日鼠白勝也曾來投奔我我也助他銀両吳用曰北斗上白光想是應在此人他家便是我們安身処晁盖曰先生何計取奪吳用笑曰我已安排定了却是如此如此晁盖大喜曰阮家三兄弟且請回歸尅期来小庄聚会便取白銀二十両與三阮曰這礼权表寸意三阮推辞不受吳用曰朋友之情不可

新刻水滸全傳

中書囑楊志併虞候

推阻三阮方纔受了相别自回石碣村去晁盖留住吳用公孫勝刘唐在庄上議事不題却説梁中書收買十万貫慶賀生辰礼物完備梁中書即喚楊志上厅分付曰我差你押送生辰擔去京回来我重用你楊志曰恩相差遣几时起身梁中書曰三日内便要起程楊志曰怎生裝束擔去梁中書曰着落十輛太平車子撥十人禁軍推車一輛車插黄旗一面上寫着慶太師生辰擔楊志曰如此去不得乞鈞旨別差英雄去梁中書曰我擡举你受道勅命回来如何不去楊志曰听得上年生辰擔途中被劫此去東京旱路経过皆是紫金山二龍山桃花山傘盖山黄泥岡白沙塢野雲渡赤松林這几処都是強人出没去所知是金宝怎不来劫奪以此去不得依小人說不要車子把礼物裝作十餘担選十人壮軍粧做脚夫小人打扮做客人悄悄的連夜送上東京梁中書曰你說的是我寫書呈太師保你受道勅命回来便教楊志一面打整便揀選了軍人楊志稟曰明早就受領状梁中書曰夫人也有一担礼物另送與府中怕你不知路頭教妳公謝都管并两個虞候和你同去楊志曰這十担礼物都在小人身上要行便行要歇便歇若教都管并虞候和小人同去他是太師府上妳公倘或路上與小人不和争執之时又去不得梁中書曰我教他三人都依你管便了楊志曰如此便去梁中書見喜即喚都管并虞候出来分付曰楊志二人領状监押生辰擔赴京這干係都在他身上你三人和他去路上早行晚住都要听他言語去早回老都管應允了次日把担子都擺在厅前共十一担十一個壮丁軍人做脚夫楊志戴

楊志藤條亂打眾軍

了鋘笠提把朴刀帶一束藤條拜辞了梁中書押担出城望東京去此時五月天氣暍热难行楊志自离了北京五七日五更早起凉时便行日中热时便歇五七日後人烟渐少一站地都是山路楊志却要辰时起身申时便歇那十一個箱禁軍担子又重天氣热了整不得到林子下便去歇息楊志拿了藤條便去打那軍士們两個虞候也行不得了楊志曰你两個也不曉事这路上不是耍的虞候曰其实天热前日趁凉早行如今怎的正热了要走楊志曰前日行的都是好地面如今正是鬼魅去处若不日上赶过去誰敢半夜走便拿起藤條自去赶那挑夫当日行到申牌时分投店歇下那挑廂禁軍都对老都管曰这般炎热天氣又挑重担只會藤條打来都是皮肉眾軍怨恨过了一宿次日天色未明眾人挑起担趂早凉便行楊志喝曰你們那里去眾軍曰趂早凉不走等日热时来打我們楊志大怒拿起藤條要打眾軍忍氣只得又去睡了當日直到辰时依上路赶打不許投凉处歇那眾軍含怨而行両個虞候在老都管面上撇唆也不着意心内自惱行了十四五日正是六月初四未及晌午天氣大热古人有八句詩曰

祝融南来恨火龍　火旗焰ヒ燒天紅　日輪当午凝不去
万国如任火炉中　五岳翠朝雲彩滅　陜神海氏愁波竭
何处一夕天凤起　為我掃除天下热

眾軍咲曰這般炎热天氣怎的行得楊志曰快走过岡子去又做區处当时一行人奔上岡子来

楊志大喝松林裡人

放下把檐都倒在松樹地下睡了楊志叫曰苦也這所在是甚麼去处你們在這里睡着还不肯起来走路眾軍曰你便打死我們也去不得楊志便拿起藤條打得這個起来那個又睡倒老都管見了劝曰提轄端的是热走不得了休要打他楊志曰都管你不知這里正是強人出没去处地名叫做黄泥岡誰敢在這里睡虞候曰我見你說几遍了驚唬人我且坐一坐你自去赶他眾人先走楊志拿起藤條喝曰一個不走的便打一個眾人起来曰提轄我們挑着百斤担子不比你空手行的便是相公自来监押也容我們分訴你好不知疼痒楊志將藤條劈面便打老都管喝曰楊提轄我在太師府裡時軍官見了向我喏ヒ連声我方纔曰了你只顧把他們打楊志却要回言只見对面松林裡一个人在那里舒頭探腦楊志曰几的不是歹人来了朴刀赶入松林裡喝曰你這廝好大胆怎敢来窺我們的行貨只見松林裡擺着七輛車子七個人在裡面乘凉一個影边一搭硃砂記的手拿朴刀望楊志跟前来那六个人都跳起来楊志喝曰你等莫不是歹人那夥人曰我兄弟七人是濠州人販些棗子上東京去從這裡经过听人說道這黄泥岡上有賊人打劫我們有些棗子都要过這个岡子当不得這热权在林子裡歇一歇我們只怕有歹人因此使這兄弟出来探看楊志曰原来也是客人我見你探頭来看惟恐是歹人那夥人曰客官請几個棗子楊志曰不消便回来與都管曰我只說是歹人原来是販棗子客人老都管曰依你說来都是沒命的楊志曰不必相閙只要沒事便好你們且歇等凉好走眾軍都

販棗客人亂搶酒吃

笑了楊志也去樹下坐歇只見一個漢子挑着一担桶唱上岡子來歌曰

赤日炎炎似火燒　野田禾稻半枯焦　農夫心內如湯煮　楼上王孫把扇搖

那漢子到樹林裡頭放下担桶坐地乘凉眾軍問曰你桶裡是甚麼東西漢子答曰是白酒挑去村裡賣眾軍曰多少錢一桶漢子曰五貫錢眾軍曰我們買些吃楊志听了罵曰你們不得買酒吃也來打人楊志曰你們眾人不知路途上勾当多有好漢被蒙汗藥麻番了那挑漢子笑曰客官好不曉事早是不賣與你吃却說出這等話來正在爭論問只見松林裡那夥客人走出來問曰你們因甚麼鬧挑酒漢子曰我挑酒過岡子去賣暫在此歇凉他眾人要問我買酒吃這個客官說我酒裡有甚麼藥那兩個客人曰既是他們心疑且賣一桶與我們吃那挑酒的曰不賣不賣這七個客人曰我們不曾說你甚麼賣一桶與我們吃那挑酒的曰只是被他們說得不好又沒碗杓那七個客人曰我們自有椰瓢一個客人取出兩個椰瓢來一個捧出棗子七個人輪替把那一桶酒吃尽了那七個客人曰正不曾問得多少價錢那漢曰五貫足錢一桶客人曰就依你說五貫只是饒我們一瓢吃那漢曰定價了饒不得一個客人把錢还他一個客人便去揭開桶蓋兜了一瓢便吃那漢去奪時這客人手拿椰瓢望松林裡便走那漢赶去這边一個客人拿瓢去桶裡也兜一瓢望林裡便走那漢曰這客人好不君子对林眾軍見了他們吃喉嚨痒起來都看着老都管曰代我們說一声買他那桶酒吃潤一潤喉都管对楊志曰那販棗客人買桶酒吃了沒事胡乱與他們買些避暑氣楊志尋思見那多客人買他酒吃了那酒想是好的便曰既然都管說了教他們買些吃便起身眾軍湊銀來買那漢曰不賣了这酒裡有蒙汗藥販棗客人一齐曰不干他眾人事把那漢子推開一边將那一桶酒提與眾軍去眾軍曰客官就借椰瓢一用那眾客人曰这棗子送你們下酒眾軍謝了先兜兩瓢與都管楊志吃楊志不吃都管先吃了一瓢虞候各吃一瓢眾軍將那桶酒即時吃了楊志見眾人吃了沒事口渴也吃了半瓢眾軍把錢还那漢子挑子空桶下岡去了只見这十五個人頭重腳輕都軟倒了那七個推出七輛車兒把棗子都丟了將这十一担金銀宝貝都裝在車子上直推下黃泥岡去了楊志只是叫苦軟了身体掙扎不得十五個人眼睜睜地看着那七個人都把金宝裝了去原來这七人正是晁蓋吳用公孫勝刘唐三阮那個挑酒的漢子便是白勝却怎的用藥原來挑上岡時兩桶都是好酒七個人先吃了一桶刘唐揭起桶蓋又兜一瓢故意要他們看着只是教人死心搭地次後吳用取出藥來放在瓢裡只做赶來饒他酒吃將瓢去兜時藥已攪在酒内那白勝奪來傾在桶裡这個便是計策那計較都是吳用的这喚做智取生辰擯那楊志吃的酒少先醒了便起來兀自立腳不住看那十四人時只口角流涎動身不得且听下回分解

眾軍被麻藥酒醉倒

〇第十六回　花和尚单打二龍山　青面獸双奪宝珠寺

二龍山勢聳雲烟　松檜森森翠接天　乳虎鄧龍真嘯聚　惡神楊志更雕鐫

楊志與那漢子鬥刀

人逢忠義情偏洽　事到顛危志益堅　苦誘曾同青面獸　宝珠双奪遇周全

却說楊志看那十四人沒一個掙扎得起指着罵曰都是你這廝們連累了酒家提了朴刀出氣下岡去了那十四個人直到二更方起扒將起來只得叫苦老都管曰你們不听楊提轄言語今日送了我也眾人曰老爹休要煩惱這是我們不是了若是楊提轄在這裡我們都說不得如今不知他去向我等回去見相公都推在他身上只說他和強人做套將金宝劫去老都管曰這話說得是我們等天明先去本処官司控告留下兩個虞候隨衙听候我等連夜赶回北京報與相公知道教動文書申上太師得知着落濟州府捕捉這夥強人都管和眾人來濟州府首告不題却說楊志提朴刀悶悶不已望南行了半日到一個酒店坐下只見一個婦人問曰客官敢是要打火楊志曰先取兩角酒來吃借些米來做飯一起筭錢还你那婦人叫個後生來篩酒都將來與楊志吃了便提刀出店那婦人曰你酒錢飯錢都不曾还走那里去楊志曰待我轉來还你那後生赶來扯住被楊志一拳打番楊志奔走只見背後一人赶來叫曰走那里去楊志回身看時那人拿條捍棒直將來見那後生又引三個庄客各拿捍棒赶來楊志挺起朴刀來鬥那漢子兩個鬥到三十合這漢子怎的敵得過那後面的後生并庄客一齊動手只見那漢跳出圈子外來叫曰都不要動手兀的使那朴刀的大漢可通個姓名正是

避灾躲难受辛艰　相逢曹正具開頓　偶遇智深齊協力　三人計奪二龍山

楊志曰酒家青面獸楊志便是那漢曰莫不是東京殿司府楊制使麼楊志曰然這漢子慌忙撇棒便拜曰小人有眼不識泰山楊志扶起問曰足下是誰漢子曰小人乃開封府人氏乃八十万禁軍教師林冲的徒弟姓曹名正祖代屠戶出身人都叫做標刀鬼曹正因來山東做客折了本錢回鄉不得在此贅恰纔那店中婦人是我的妻子那後生便是妻兄纔見制使手段和師父一般因此抵敵不住請制使到家中坐歇楊志從曹正再到酒店中坐了曹正叫妻子和妻舅與楊制使相見曹正問曰制使因甚到此楊志把失陷花石綱并失陷了梁中書生辰擔說了一遍曹正曰既如此且在小人家住几日楊志曰只怕官司追捕將來不敢久住曹正曰制使要投那里去楊志曰去投梁山泊尋你師父俺先年在梁山泊經過他與我交手王倫見俺兩個本事一般因此都留在山寨相会那時酒家不肯落草如今欲去投他進退兩难因此心下不決曹正曰小人此間青州地面有座二龍山山上有座宝珠寺止有一條路上去如今寺裡聚集五百人打劫為頭的叫做金眼彪鄧龍制使若肯落草時去那里入夥何如楊志曰既有這個去処奪來安身却好拿了朴刀相辭曹正投二龍山來行到晚望見一座高山楊志曰我且在林子裡歇一

楊志別曹正投二龍

夜明日上山轉入林子裡只見一個和尚露出一身花綉坐在那石上那和尚見了楊志就拿起禅杖大喝曰那裡來的楊志答曰你是那里僧人那和尚也不回話輪起禅杖鬥到五十合不分勝敗那和尚喝曰青面漢子你是甚麼人楊志曰酒家是東京楊制使楊志是也那和尚曰草不

魯智深林裡會楊志

是東京賣刀殺死牛二的楊志曰你不見我臉上金印那和尚笑曰却在這相会楊志曰師兄却是誰和尚曰洒家是延安府老种相公经略帳前曾提轄因打死鄭屠却去五臺山為僧人見洒家背有花纹都叫做花和尚楊志笑曰却是自家鄉里俺聞師兄在大相国寺如今怎的在這里魯智深把管菜园救林冲事說了後來高太尉知道差人捉拿洒家被俺一把火燒了廨宇逃走在江湖上來到孟州十字坡險些兒被個店婦人將蒙汗藥把洒家麻番了得他丈夫回來的早見了洒家這般模樣連忙把解藥救醒連問洒家名字便結義做了兄弟他夫婦亦是江湖好漢叫做菜園子張清留我住了數日打听得這二龍山宝珠寺可以安身逕來投奔入夥叵耐鄧龍不肯安着洒家又敝俺不過只把三重門閉住又沒路上去氣得洒家好苦來這林子裡坐不想遇大哥來楊志曰既是閉了關隘如何去得且去曹正家商議兩個來到曹正店裡相見了曹正置酒相待商議要打二龍山曹正曰小人有條計把師父禪杖戒刀典小人拿了教我妻弟帶六七個火把將索子綁了師父索子上做個活套結頭送到關頭只道來我店裡吃酒醉了綁縛來献與大王那廝必然來開關放我們上去見鄧龍時把繩子拽脫了小人遞過禪杖與師父你兩個把鄧龍殺了此計如何魯智深楊志皆曰妙哉次日五更起來智深楊志依計而行來到関下只見嘍囉在関上看見綁得那和尚來报知山上兩個小頭目問曰你等何处人在那里捉得這和尚來曹正答曰我們是山下近村莊家開個酒店這和尚不時來我店中吃酒不肯还

府尹發寫何濤捉賊

錢說道要去梁山泊借千百個人來打二龍山和你這近村裡都洗蕩了因此小人只得請他將酒灌醉綁來献與大王小頭目曰你們在関下少待便來报知鄧龍說有人拿得花和尚來了鄧龍喜曰叫解上山來小嘍囉得令就開了関門楊志曹正紧押智深解上山來看那三座関端的險峻中間一條路來到三重関上只見擺着擂木砲石強弓硬弩人到佛殿看時中間一把虎皮椅數個嘍囉各拿着鎗刀立在兩傍少刻兩個嘍囉扶出鄧龍來鄧龍坐在交椅上曹正楊志紧揪着智深到堦下鄧龍罵曰禿驢今日也被拿來見我智深大喝一声休走庄客把繩子拽脫了智深接禪杖楊志提起朴刀曹正庄客一齊把鄧龍殺了曹正叫曰若不降者便行掃除有几個小頭目并五六百小嘍囉都來拜降即將鄧龍屍首扛出燒化魯智深楊志便做了寨主教設筵慶賀曹正辭別領了庄客回去有詩為証

古刹清幽既潔微　鄧龍叔據忿非為
天生楊志花和尚　斬草除根更可悲

且說押生辰槓老都管與衆禁軍星夜回到北京直至梁中書府廳前告曰楊志是個忘恩的賊自離北京五七日後行到黄泥岡天氣炎热都在林子裡歇凉不想楊志和一夥賊人假裝做販棗客先推七輌車子在黄泥岡等候卻教一個好漢挑一担酒來岡子上歇下衆人不合買他酒吃被那厮放蒙汗藥都麻番了楊志和七個客人把生辰担財宝裝載車上去了見在濟州府已陳告留兩個虞候隨衙听候小人們星夜回來告知恩相來

何清見嫂說賊根由

中書罵曰這賊配軍我一力抬舉你成人怎敢做這等不仁之事隨即喚書吏寫了文書差人星夜往濟州投下又寫一封家書令人連夜上東京報與太師知道却說蔡太師看了文書見了道班賊徒去年將我女婿送來禮物刼去了今年又來无理即押角文書差府幹星夜往濟州府去着落府尹捉拿立等回报那濟州府尹自從見了梁中書公文每日理論不下忽門吏報曰東京太師差府幹見在廳前有緊急公文府尹慌忙來與府幹相見說道這件事下官已受梁府虞候的狀子即今捕盗跟捉未見踪跡前日留守司又差人到來若有消息下官親請府回話府幹曰太師分付要拿這賊并逃軍楊志限十日内捉完解京君是捉獲不得小人也难回話府尹請府幹看罷大驚即喚緝捕使臣何涛來問曰前日差你拿那打刼生辰損賊人緣何不見回报何涛禀曰小人領了這件公事同公人去黄泥岡緝捕未見踪跡府尹喝曰放屁上弦不緊下弦不寬今日太师差府幹限十日須要捕賊解京若还遲限累及某時先把你遠配何涛領鈞旨回到家中憂悶老婆問曰你因甚煩惱何涛曰前日太守差我拿那刼生辰損的賊到今未獲今日正去轉限不想太師府幹來立等要拿這賊解京府尹要將我剌配不知我性命如何老婆曰似此怎好只見兄弟何清來望哥ミ何涛曰你不去賭錢却來怎的何涛妻謂清曰阿叔你且坐下和你說話即安排酒食與何清吃早飯嫂ミ曰阿叔你不知道你哥ミ因黄泥岡上一夥販棗子客人打劫了生辰損如今府尹奉太師鈞旨限十日内要拿各賊解京如不着都要剌配遠惡軍

州去你哥ミ早晚捉不着時尖ミ受苦何清笑曰何不差人去捉阿嫂曰便是沒捉処何清笑曰只哥ミ哥ミ危急之際却來救他那婦人听見慌忙來対丈夫說了何涛急叫何清掛來陪着笑臉曰兄弟你既知這賊去向怎不救我何清指着腿曰這些賊都捉住在布袋裡何涛驚問曰兄弟如何說這賊都捉在布袋裡了何清曰无数句有分教鄆城裡引出個仗義英雄梁山泊中聚一夥擎天柱的好漢畢竟何清对何涛說出甚人來且听下回分解

何濤解白勝見知府

○第十八回　美髯公智賺捕翅虎　宋公明私放晁天王

親愛无過弟與兄　便從酒後露真情　何清不篤同胞義
觀察安知衆賊名　現冠長奸入暗走　驚蛇打草事难成
只因一紙閑文字　惹起天罡地煞兵

却說何清夫身边招文袋裡摸出一個經摺兒來指曰這夥賊人都在上面不瞞哥ミ說小弟前日為賭錢輸了有個人引小弟去北門外十五里地名安樂村有個王家客店内賭錢近來官司行下文書着落各村但是開店須要置立文簿上面用勘合印信毎夜有客商宿歇須要盤問所抄上簿官司查照毎月一次那小二哥不識字央我替他抄了半月那日是六月初三日有七個販棗子客人來歇我認得為頭的客是鄆城縣東溪村晁保正我寫着文簿問他姓名他便說道我姓李濠州人來販棗子去東京賣我雖寫了有些疑他次日他們去了店小二邀我去村裡賭錢路口見一個漢子挑兩個

何濤縣前見宋公明

桶子民認不得他店小二叫曰白大郎那里去那人應曰有挑醋挑去賣店小二曰這人叫做白日鼠白勝後人听道黄泥岡上一夥販棗客人將蒙汗藥麻翻了人劫生辰擔我猜莫不是晁保正如今可捕了白勝便知端的何涛大喜随即引何清到州衙裡見了太守問曰公事知下落否何涛禀曰略有消息那府尹教進後堂來何清一一禀説了府尹便差公人同何涛何清連夜到安樂村叫店小二作伴三更時分逕到白勝家裡白勝正在床上睡就在床上捉起同他妻子将索子綁了何涛喝曰黄泥岡上做得好事白勝那里肯認那婦人也不肯招衆公人遶屋搜尋到床下見地不平衆人掘開取出一包金銀隨即把白勝并老婆鎖了扛了賍物連夜回濟州來把白勝押到府中府尹細問生情道意白勝死不肯招連打四十打得皮開肉綻鮮血迸流打熬不過只得招説為首的是晁保正他自同六人來糾合小人與他挑酒其实不認得那六人知府曰這個不難只捉住晁蓋那六人便有下落令取一面五十斤死枷七了分老婆押去监收郎着何观察領了一行人星夜來到鄆城縣那衆做公的躲在店裡随帶公文來見知縣要捉晁蓋並不識姓名六個到縣前看時当下未牌時分却值知縣退衙何涛去茶坊裡吃了一個泡茶問茶博士曰今日值日的押司是誰茶博士指曰押司來了何涛看見縣裡走出一個吏員來怎生模樣但見 眼如龍鳳 眉似卧蚕 滴溜溜兩耳垂珠 明皎皎双睛点漆 唇红口方 三髭髯鬚 鼻如懸胆 額闊頂平 坐定渾如虎相 走動有若狼形 年及三旬

宋江到蓋家報情由

有养济万人之度量 身軀六尺 怀掃除四海之心机 上應星魁 感乾坤之正氣 下庿凡世 聚山岳之精英 志氣軒昂 胸襟秀丽 刀筆敢欺蕭相国 声名不讓孟尝君

那押司姓宋名江表字公明排行第三祖居鄆城縣宋家村人氏為他面黑身矮人都唤黑宋江為人大孝仗義踈財人皆称孝義黑三郎上有父親在堂母親早丧有個兄弟唤做鉄扇子宋清在村中務農這宋江在縣裡做押司爰習鈐條平生只好結識好漢來投他的无有不納問他求錢亦不推托每每只是周全人性命如常布施棺材藥餌济人貧苦以此山東河北称做及時雨宋公明能麼万物曾有庿江仙詞宋江好処

起自花村刀筆吏 英灵上應天星 踈財仗義更多能 事親行孝敬
待客有声名 济弱扶傾心慷慨 高明水月双清 及時甘雨四方称
山東呼保義 一豪杰宋公明

當時宋江出縣前何观察叫曰押司此間請坐有句話説宋江見他似個公人打扮慌忙施禮曰尊兄何処且請押司到茶坊裡面說話兩個坐定二人各通姓名何涛便拜曰久聞大名无緣拜識宋江曰惶恐敢問何观察到敝縣上司有何務何涛曰有件緊急公文在此敢煩押司作成宋江曰不知甚賊緊何涛曰是當案的人便説也不妨敝府管下黄泥岡上一夥賊人共是八個把生辰擔劫去了今捕得從賊一名白勝扳説東溪村晁蓋為首更有六名從賊不識姓名相煩使行此事宋江听罷大驚暗忖晁蓋是我心

順兄弟如今犯罪我去救他性命便曰這緊急公文自已當廳報下本官看了便好施行本官免放早晨事務倦怠了少歇觀察略待片時我回家便來何濤曰小弟在此專候宋江離了茶坊邀到下処牽過馬來跨上出了東門飛馬望東溪村來到晁蓋庄上庄客見了去庄裡報知正是

宋江復同見何觀察

有仁有義宋公明　交結豪結果志誠
一旦陰謀皆漏洩　六人星火夜逃生

却說晁蓋正和吴用公孫勝刘唐在後園飲酒此時三阮已分了金銀自回去了忽庄客报說宋押司独自飛馬而來晁蓋慌忙出來迎接宋江携晁蓋去側边房裡曰我捨命來救你如今黄泥岡事發了白勝已拿在济州牢裡拔出你等六人济州府差一個何緝捕帶領公人來捉你們七人說你為首剛又撞在我手裡我只推說知縣睡着且不移時差人來捉你晁蓋听罷大驚曰賢弟之恩難报這六個人是阮小二阮小五已分了財物自回石碣村去了尚有三個在裡面賢弟且見他一面宋江入到後園相見一個吴學究一個公孫勝一個刘唐宋江略見一禮囑付曰哥々作速快走我今飛馬回縣去了晁蓋对吴用三人曰如今他回去下了文書少刻便來捕獲我們吴用曰救我等此人是誰晁蓋曰他便是本縣押司宋江公孫勝曰莫不是及時雨宋公明晁蓋曰正是此人如今事在危急怎生解救吴用曰三十六計走為上計晁蓋曰走那里去好吴用曰我們收拾做七担一齐挑了走石碣村三阮家去那里近梁山泊若是赶得緊我們便去梁山泊入夥晁蓋曰事不宜遲吴

雷横朱仝分兵殺人

先生你和刘唐同几個庄客挑担先去阮家安頓了却來路上接我們吴用刘唐提了朴刀監押着五七担一行人投石碣村去了晁蓋和公孫勝在庄上收拾有不肯去的庄客賫發些貨物與他自去有願去的都在庄上收拾財物却說宋江飛馬到了下処連忙到茶坊裡來何觀察正在門首望宋江曰觀察久等却被村裡有個親戚在下処說些家務因此躭閣請观察到衙裡兩個入得公門正值知縣退廳宋江將公文引着何观察禀說奉济州府公文為賊情緊急公事特差緝捕使臣何观察到此下文書知縣拆開看了大驚对宋江曰這是太師府差幹來立等回話即便差人去捉這一夥賊人宋江曰日間去捉只怕走了消息只可差人夜間去方纔捉得随喚尉司併都頭朱仝雷横來後堂吩咐知縣便押了牌文教点歩弓手三百餘人就同何涛并兩處候作眼当晚各帶刀鎗飛奔東溪村來到晁蓋庄上正是一更朱仝曰晁蓋家有兩條路且晁蓋好生了得他六人都是死命倘或一齊殺出來如何抵敵不若我和雷都頭分做兩路我引一半人先去後門埋伏等候哨响為号你等向前門打入來見一個捉一個雷横依言受計分兵前門殺入点起三十個火把各拿器械一齐奔到晁蓋庄上只見庄内火把燒將起來前後門入都閙了雷横挺着朴刀引衆士兵發喊一声打開庄門裡面火光如同白日並不見人只听得後面發喊叫前面捉人原來朱仝有心要放晁蓋故意大驚小怪催逼晁蓋走了朱仝到庄後時晁蓋收拾已了庄客來报官兵到了晁蓋教庄客和公孫勝後門殺將出去朱仝在黑影裡叫道保正

知府再差何濤捉賊

何濤挐漁夫問路境

休走朱仝在此等你多時晁蓋也不听得他說與公孫勝拚命救出來朱仝放開條路讓晁蓋走去了叫公孫勝引庄客先走自已斷後朱仝叫步弓手從後門撲入去叫曰前面赶捉賊人雷橫听得便出庄門教軍士分投去赶朱仝撚刀去赶晁蓋叫道朱都頭你追我做甚麽朱仝見後面沒人便曰我怕雷橫執迷被我與他去打前面我在後門閃開走路放你過去你只投梁山泊可以安身晁蓋曰多感救命之恩異日必报有詩曰

捕盗如何與賊通　只因仁義在其中

都頭已放開生路　觀察焉能立大功

朱仝正赶間只听得背後雷橫叫曰休教走了賊人朱仝在黑影裡只做失脚跌在地了衆士兵向前扶起朱仝曰黑影裡不見路徑失脚跌倒了縣尉曰走了正賊如何是好朱仝曰再教士兵去赶衆士兵曰不知從那條路去了雷橫赶了回來寻思曰朱仝和保正最好多敢是放他走了我也有心放他今已走了只是不見人情回來对衆人曰那裡赶得上這夥賊端的走了得縣尉和兩個都頭回到庄前是四更時分縣尉只得捉了几個隣舍并兩個庄客解入鄆城縣裡來此時知縣一夜不睡立等回報听得說賊都走了只拿得几個鄰舍并庄客來知縣把一干隣舍当廳勘問衆人告曰小人等雖在晁蓋隣近居住他庄上常有使鎗棒的人來往如何知他幹這等事除非問他庄客便知知縣使問庄客庄客只得招曰一個是吳用一個是公孫勝一個是刘唐那三個是阮小二阮小五阮小七在石碣村裡住知縣取了招狀

把兩個庄客交與何觀察解去濟州府遂到廳前禀曰晁蓋燒庄逃走一事府尹把庄客口詞問了一遍教取白勝來問口勝只得一一供說府尹曰既有下落把白勝庄客依原監了自與何觀察去石碣村緝捕這七個賊人畢竟如何且听下回分解

○第十八回　林冲山寨大併夥　晁蓋梁山尊為主

休逞梁山志可修　軀貧慢士少優游　祇將富貴為身有

却把英雄作寇仇　花木水亭生殺氣　鷺鷗洲渚落人頭

規模卑狹真堪笑　性命終須一旦休

却說何觀察領了知府鈞旨與衆公人商議曰石碣村湖蕩緊連梁山泊都是淼七蕩七水港若无大隊官軍誰敢去拿白禀知府曰石碣村湖泊正連梁山泊又添那夥強人在内若不起大隊人馬如何敢去府尹曰再差捕盗巡檢點五百官軍同去緝捕何觀察文典巡檢点齊人馬奔石碣村來晁蓋公孫勝帶十個庄客來石碣村半路撞着三阮却來接應都到阮小五庄上商議去投梁山泊吳用曰今李家道口有旱地忽律朱貴開酒店招接四方好漢我們安排船隻先投他引去正商議間只見打魚的來报如今官軍人馬飛奔村裡去阮小二曰不妨我自对他教那廝們大半落水去公孫勝曰且看這遭本事晁蓋曰刘唐兄弟你和學究先生自把家私老少裝在船裡先去李家道口等我們看取頭势随後便到吳用便分付阮小五阮小七如此迎敵各人棹舡去了且說何濤并捕盗巡檢親領官兵來到阮小二家見一所自

何濤令衆捉阮小七

房何涛教拿附近漁戶問曰阮小五小七都在湖泊裡住非船不能去何涛與巡檢討曰這湖
裡路徑又叢雜不知深淺若捉他時又怕中賊計我們將馬拨在這村裡都下船去行不到五里
水面听得芦葦中有人嘲歌云

打魚一世蓼兒洼　不知青苗不種麻
酷吏贓官都殺尽　忠心報答趙官家

何觀察听了大驚只見遠遠地一個人棹一隻小船唱將出來中間有認得的
曰這個是阮小五何涛把手一招官船並進阮小五喝曰你們這老爺做甚麼
何涛教一齊放箭阮小五鑽下水底去衆人赶到船前拿着空船又听得芦花
港裡哨响見前面兩個人撐着一個船來頭上立着一個人頭戴青箬笠身穿綠
蓑衣手拿一條笔管鎗口裡也唱道

老爺生長在碣村　天性生來要殺人
先斬何涛巡檢首　京師献與趙王君

何觀察并衆人又吃一驚有認得的曰這是阮小七何涛喝曰衆人都向前拿
住這賊休教走了小七便挠轉船來衆人赶將去小七與那摇櫓的打哨望小
港走了衆官兵赶來看見那小港窄狭何涛教把船且泊岸都上岸看時只見茫茫蕩蕩都是芦
葦却問当住的人便曰小人雖在此居住也不知這裡許多去処何涛便差兩人摇隻小船前面
探路去了兩個時辰不見回報何涛曰這兩個好不曉事再差五個摇兩隻船去探路多時又不

晁盖與吳用相計議

見回報何涛便上船帶二三十人各帶器械投芦葦港裡摇將去約行五六里水路見岸上一人
提把鋤頭走來何涛問曰那漢子這里是甚么去処那漢答曰這里喚做断頭港沒路了何涛曰
你曾見兩隻船過來么那人曰莫非來捉阮小五的在前面烏林裡厮打何涛便差兩個公人上
岸接应那漢提起鋤頭把兩個公人都打落水去何涛待奔上岸坐下的船忽
開去了水底下鑽起阮小五來把何涛兩腿倒扯撞下水底去那几個公人被
拿鋤頭的赶上船來都打死了阮小五把何涛倒拖上岸綑了罵曰老爺弟兄
從來愛殺人放火你怎敢引官兵來捉我們何涛曰小人奉上命差遣望好漢
可怜見家中有個八十歲的老母乞饒性命回家阮小五曰且把來綑在船艙
裡兩個各駕一隻船出來那捕盗巡檢在船上等久不見何观察去探路多時也
不回那時初更忽起一陣怪風吹得衆人掩面大驚把纜船索都刮断了听得
後面哨响看時只見芦花側边一派火光面前兩隻船上堆着芦葦燒着順風
冲將來四五十隻官船屯做一処被他火船推來燒着船上官兵都跳上岸逃
命不想四面芦葦又燒將起來官兵兩頭沒路只得走下淤泥裡立着火光中
見公孫勝拿着宝劍在船上祭風唱曰休教走了一個又見東岸晁盖阮小五
引四五個打魚的各提刀鎗走來這芦西岸阮小二阮小七各拿飛魚鈎又走來一齊動手把
許多官兵尽行搠死在淤泥裡阮小二把何觀察解上船罵曰你這詐害百姓的賊不待把你殺
了却要你回去对那贓官說俺石碣村阮氏三雄東溪村天王晁盖都是好漢叫他再休來惹俺

林冲大鬧梁山泊上

們阮小七曰這廝也饒余免便放刀把何涛兩耳割下作表証把何涛送到大路口何涛得了性命取路向濟州去了晁蓋公孫勝三阮都駕小舡來尋吳用刘唐舡合作一処七個人來到朱貴酒店裡州投朱貴見了慌忙迎接大喜安排酒來款待了隨即取一枝响箭望着对岸蘆葦中射去小嘍囉搖過一隻船來朱貴寫了一封書父付與嘍囉先去寨裡報知次日朱貴請衆好漢一齊下舡望山寨來過金沙灘上岸留老小船在此等候見数十個小嘍囉下山來接引到關上王倫引着一班頭領來接晁蓋等施礼王倫答礼曰久聞大名今幸得見晁蓋曰今日事在藏拙甘與帳下做一小卒不弃甚幸王倫曰且請上寨再有計議一行人都到聚義廳上分賓主坐下王倫教安排筵席款待晁蓋等晁蓋把胸中之事都說與王倫王倫聽罷心內躊躇答了幾句至晚席散衆頭領送晁蓋等在舘安歇晁蓋心中欢喜曰我們造下這等迷天大罪得王頭領如此錯愛恩不可忘吳用曰兄長性直你道王倫肯收留我們兒他顏色動靜可知早間席上王倫與兄長說話到有交情次後見兄長說出殺了許多官兵放了何涛阮氏兄弟如此豪杰他就有些變了顏色口雖答應心中未然只有林冲瞅得早間看林冲見王倫答應兄長含糊便有些不平之氣把眼瞅着王倫我看此人到有留戀之心小生略使片言教他本寨自相吞併晁蓋曰全仗妙策次早林冲來相訪衆人迎接入舘坐定吳用謝曰夜來重蒙恩賜打擾不当林冲曰小弟有失恭敬雖有奉承之心奈缘不在其位望乞恕罪晁蓋曰聞知頭領在滄州被火燒了草料

林冲席上怒殺王倫

塲不知誰荐頭領上山林冲曰乃是柴大官人吳用曰久聞柴大官人仗義疏財名聞天下教頭若非超群他如何肯荐上山非是吳用過称理合王倫讓兄為第一位與教頭不負柴大官所荐林冲曰小可非為位次奈王倫心術不狹失信于人難以相聚只怀嫉妬之心恐衆豪杰势力頭領夜來見兄長所說他便不肯相留之意吳用曰既然王頭領有這般之心我等自投別処去便了林冲曰豈衆豪杰有退去之心某來告知今日看他如何相待尽在林冲身上吳用曰頭領休為我弟兄面上却害旧義君是可容便容不可容即退林冲曰先生差矣古人有言无德讓有德量這個匹夫晋他何用少刻相会別衆人去了正是

惺惺自古惜惺惺　談笑相逢眼更青
可恨王倫心地窄　直教魂魄喪幽冥

只見嘍囉來請衆好漢延会晁蓋曰上覆頭領少刻便到嘍囉去了晁蓋問吳用曰先生此会何如吳用曰此会林中有吞併王倫之意兄長等各藏暗器緘着小生撚鬚為号便可协力晁蓋等依言便來赴席王倫杜遷宋万林冲朱貴都出來相接到水亭上分賓主坐定数嘍囉輪次把盞酒至数巡晁蓋和王倫盤話提起聚義一事倫將閑話支吾只見林冲双眼一看王倫酒至午後王倫教嘍囉捧出五定銀來便起身对晁蓋等曰感衆位豪杰來聚義只恨小寨乃一洼之水如何藏得真龍聊且薄礼伏乞笑留煩別投大寨晁蓋曰久聞大寨招賢納士故來相投既不肯相容安敢受礼只此告

衆人扶晁蓋爲寨王

辭王倫曰何故推卻奈緣敝寨粮少房稀恐後有悞列位故此不敢相留只見林冲喝曰我前番來時你亦推道粮少房稀今日豪杰到此你又將這言語來推我實忍不住王倫喝曰這畜生醉了林冲大怒拿出刀來吳用手把髭鬚一撚晁蓋劉唐便把王倫攔住王倫叫曰不可相併吳用扯住林冲不可造次阮小二便去幫住杜遷阮小五幫住宋方阮小七幫住朱貴林冲扭住王倫罵曰你這嫉妒賢能的賊不殺你要你何用拿住王倫心窩一刀搠死于断金亭上晁蓋等見殺了王倫各掣在手嚇得杜遷宋万朱貴都跪下說曰願替哥哥執鞭隊鐙晁蓋慌忙扶起來吳用就拽把校椅便納林冲坐下叫曰如有不伏者將王倫為例今日扶林教頭為山寨之主林冲大叫曰先生差矣今日只為豪杰義氣為重併了這不仁的賊寨主實无心要謀今先生讓此第一位與林冲坐豈不惹天下英雄耻笑我有片言不知衆位肯依我否衆人曰頭領所言誰敢不從且听下回分解

○第十九回　梁山泊義士尊晁蓋　鄆城縣月夜走刘唐

豪杰英雄聚義間　罡星殺曜降塵凡　王倫奸詐遭誅戮
晁蓋仁明主將班　魂逐斷雲寒冉冉　魄隨流水夜潺潺
林冲吞併真高量　禀禀清風不可扳

林冲曰今有晁兄仗義疎財仁恩廣施智勇足備可立為山寨之主晁蓋曰不可自古強兵不壓主安敢占上林冲把晁蓋推在校椅上叫曰今日事已到頭請勿推卻林冲叫衆人就于亭前叅

衆將把戰船擺開殺

拜了教人抬過王倫屍首林冲等一行人請晁蓋等來大寨裡到得聚義所上衆人扶晁天王第一位校椅上坐焚起炉香來林冲曰小弟是個粗鹵匹夫无學无才今日豪杰相聚大義既明便學究先生做軍師執掌兵權請坐第二位公孫勝先生請坐第三位公孫勝推辭不坐林冲曰先生各闡四海有鬼神不測之机呼風喚雨之術鼎分三足缺一不可先生不必推卻公孫勝只得坐了第三位林冲再要讓時晁蓋等都扶住林冲坐了第四位晁蓋曰當請宋杜二頭領來坐那杜遷宋万見殺了王倫尋思自本事低微不如做個人情刘唐坐第五位阮小二坐第六位阮小五坐第七位阮小七坐第八位杜迁坐第九位宋万坐第十位朱貴坐十一位梁山泊十一位好漢兵有一千都來叅拜晁蓋曰今日林頭領扶我為山寨之主衆人各依旧職守備寨柵便教取出金銀当所賞賜衆小頭目殺牛宰馬祭祀天地神明次日晁蓋與吳用等計議整頓倉廒修理寨柵打造軍器准備迎敵官軍安排大小船隻教十水軍有詩為証

古人結交利斷金　心若同時誼亦深　水滸請看忠義士　死生能守歲寒心

衆頭領正在聚義所上商議事務只見小嘍囉報上山來報道濟州府差撥官軍帶領人馬乘駕大小船隻已到石碣村湖蕩裡中扎特來報知晁蓋便請軍師吳用商議吳用笑曰不須掛心郎喚阮氏三雄林冲等附耳受計去了正是項羽西迎三千陣今日先施第一功卻說濟州團練萬

黄安與衆軍兵對敵

黄安帶領一千餘人拘集本处舡隻分作两路殺奔金沙灘來只見敘隻戰舡來迎每隻舡上四五
人揺櫓舡頭立着一個頭領帶絳紅巾都一樣身穿紅羅襖手裡各拏重器官軍内中有人認得
的対黄安曰這三隻舡上三人是阮家三兄弟黄安曰你衆人併力拿這三人五十隻船一齊發
喊殺奔前去那三隻舡便回黄安只顧殺賊自有重賞官軍舡上乱箭射去那
三阮各拏一片青狐皮來遮箭黄安舡只顧趕過黄安舡後有隻小艇趕來報
曰不要趕他後頭小港裡搖出七八隻小艇來箭若飛蝗一般射來我們急回
舡時見岸上約有二十餘人兩頭牽一條大篾索横在水面上那岸上灰瓶
石子乱打上來我等官軍只得弃舡上水逃命將岸上人馬都殺死在水裡後
軍大敗我等來報黄安聽了便把白旗招動叫衆舡不要去趕官舡正待回身
背後十数隻舡趕來黄安却待將舡擺開迎敵忽聽苩聲中炮响黄安看時四
下都是小舡趕來叫黄安把舡盡力搖过那裡蘆邊却撥小港裡鑽出五十隻
小舡箭如雨射來黄安就箭林裡奪路正走只見後面一隻舡上立着劉唐
一撓鈎搭住黄安的舡跳將過來捉住黄安晁蓋人孫勝引兵接應生擒活捉
得三百餘人都回山寨晁蓋同衆頭領都在聚義所坐把黄安監禁寨中衆頭
領大寨殺牛宰馬慶賀全勝有詩為証

水滸英雄不可當　黄安捕捉太匆忙　戰船人馬都磨折　更有何顔見故鄉

却說晁蓋使人去請宋貴上山筵宴衆頭領都到義所上坐定晁蓋與吳用曰我等弟兄七人性

太守坐堂知黄安敗

命皆得宋押司朱都頭二人可往庫内取些金銀使人往鄆城縣去謝他就有白勝陷在濟州牢
裡救他出來吳用曰兄長不必憂心斟酌押司必用一個兄弟自去去救白勝可教人去使錢
竟他便好脫身我等且屯粮造舡置辦軍器安排寨柵防備迎敵官軍晁蓋曰全仗軍師妙策當
下吳用分派衆頭領各去皆办了却說濟州府太守見黄安手下軍人逃回備
說梁山泊殺了官軍生擒黄安一事梁山泊好漢十分英雄水路难認不能取
勝府尹听了大驚曰何濤先折了許多軍馬被他割去兩耳今黄安又被捉上
山去殺死官軍无数怎生是好正煩惱間只見承局來服東門接官亭上有新
任太守來到東門外迎接新官取出中書省吏贊文書與府尹看罷隨即喚新
官到州衙裡交割印信安排筵席欵待新任太守備說梁山泊賊势浩大殺越
官軍一事新官面如土色心中思忖這等地面又没官軍尚或來借粮時怎生
是好出官太守收拾行李自回東京听罪新任府尹到任之後請一員領浮洛
州軍官商議招軍買馬集草屯粮准備收捕梁山泊一面行牌仰所屬州縣知
会本州公文行下所屬鄆城縣教守御與本境隄防梁山泊賊入知縣看了公文
教宋江牒成文一行下各鄉村守御宋江見了公文曰晁蓋等衆人不想做下
這般大罪尚有踈失如之奈何心中納悶行出縣來去茶坊只見一個大漢路口腰刀背個包袱
走得汗如雨流看着縣裡宋江見了趕來看那大漢那漢回頭見宋江又不敢問去梳頭鋪裡問
日大哥前面那個押司是誰梳頭的答曰是宋押司那個大漢走到前面曰押司　借一步說話

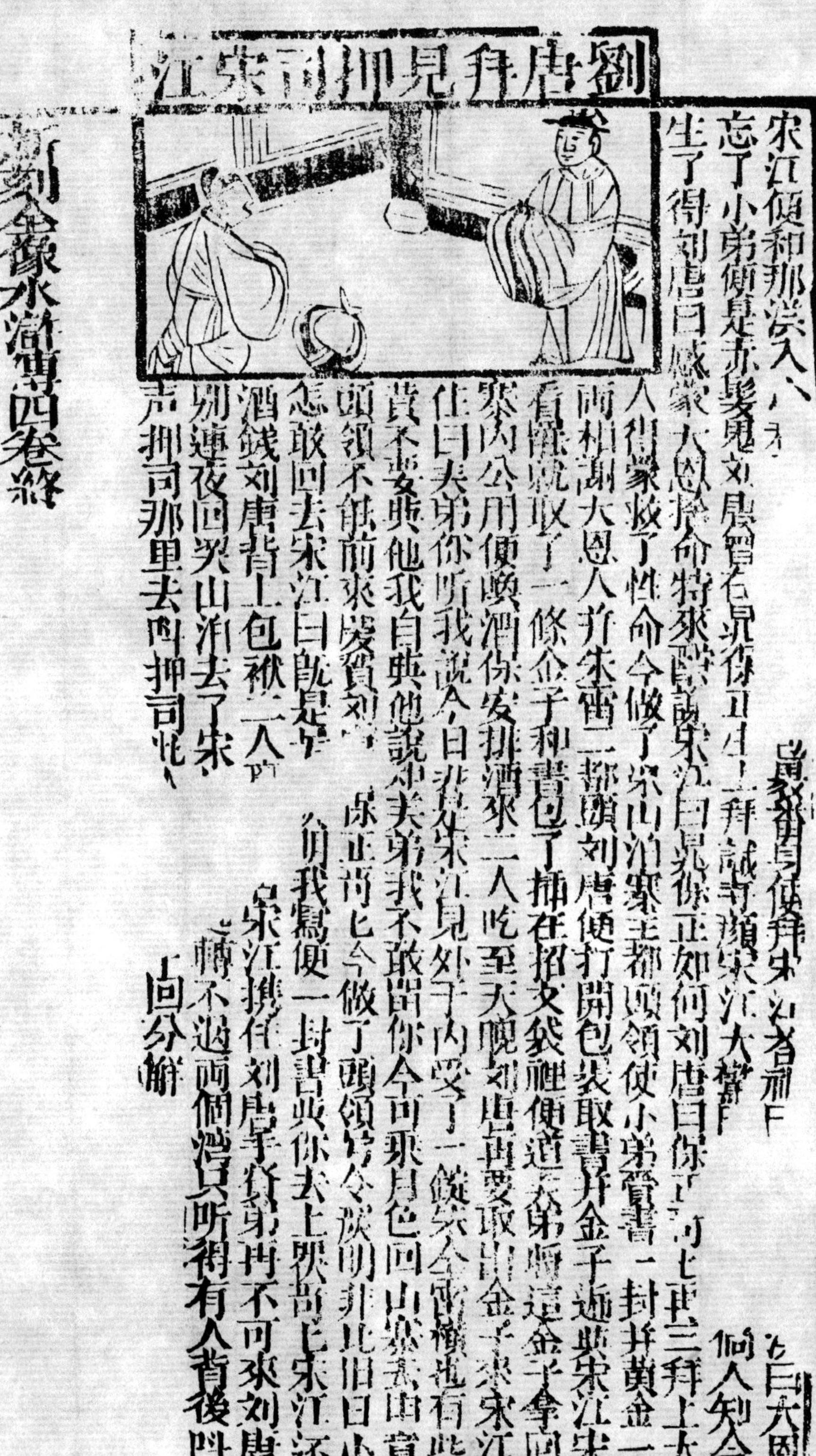

劉唐拜見押司宋江

宋江便和那漢入八　曾家街自便拜宋江者祇　之白大恩人
忘了小弟便是赤髮鬼劉唐曾在晁保正莊上拜識尊顏宋江大驚　個人知会怎
生了得劉唐曰感蒙大恩捨命特來酬謝晁保正宋江曰晁保正如何劉唐曰保正哥哥七人三拜上大恩
人得蒙救了性命今做了梁山泊寨主都頭領使小弟寶書一封并黃金一百
兩相謝大恩人并朱雷二都頭劉唐便打開包裹取書并金子遞與宋江宋江
看罷就取了一條金子和書包了插在招文袋裡便道兄弟將這金子拿回山
寨內公用便喚酒保安排酒來二人吃至天晚劉唐再要取出金子來宋江把
住曰兄弟你听我說今日我宋江見外了只受了一錠多的金子也有些家
貲不要貪他我自與他說兄弟我不敢留你今可乘月色回山寨去由意衆
頭領不能前來慶賀劉　保正哥哥今做了頭領兵令嚴明非比旧日小弟
怎敢回去宋江曰既是　兄我寫便一封書與你去上覆哥哥宋江还了
酒錢劉唐背上包袱二人　宋江携住劉唐手贊兄弟再不可來劉唐拜
別連夜回梁山泊去了宋　轉不過兩個灣只听得有人背後叫一
声押司那里去叫押司忙　回分解

新刻全像水滸傳四卷終

新刻全像忠義水滸傳卷五

吳用請宋江見晁蓋

入家牒上濟州申解
公文盗押宋江到衙
心氣也有八分爱惜又行来
將宋江杖二十刺配江州帶上行枷差兩
護置酒飯待公人即相送銀兩宋江拴了包裹宋太公吩咐曰我兒小心前去
去從梁山泊過倘或奪你入夥不可依隨被人恥罵牢記于心宋江垂淚拜辭
分付弟曰父親年老我不能盡孝之道你早晚小心侍奉宋清亦下淚辭別自
回宋江和公人上路那公人因他是个好漢路上小心伏侍宋江一日到晚投
店安歇宋江对公人曰我們此去正從梁山下過出寨上若聞我名怕他下山
來奪我明日只從小路去行二十里只見山坡下一夥人來宋江看見刘唐領
兵來要殺兩个公差宋江叫曰兄弟不要動手刘唐住了刀宋江曰你殺公人
何意刘唐曰我奉晁頭領將命所得哥々被官司捉去要來劫牢却知哥々上斷
配江州只怕路上行錯了大小頭領四路等候迎接哥々上山不殺這公人如
何宋江曰弟兄到要陷我于不忠不孝之地我自不如死了把刀欲自刎刘唐
忙奪刀相劝宋江曰容我去江州服限滿回來那時相会刘唐曰小弟不敢
主張前面軍師學究同花栄在那里專等哥々小弟讓來商議哄嘤去報只見
哥々等二人飛到叙前罷花栄曰如何不打開枷宋江曰此是國家法度如何敢擅開吳用
我不留兄長在寨晁頭領有話商議上山小叙便送登程宋江只得跟到岸边眾頭領都來接至
聚義所上相見晁蓋謝曰自從鄆城救了性命弟兄在此五日不想大恩前者又蒙引荐諸位

宋江自睡婆惜冷笑

坐下宋江低頭只不做声婆子曰我去盪一瓶酒來央宋押司暗許叫了房門便去了宿街時新菜子鮮魚嫩雞到家整頓整托上樓來擺在桌上看宋江只是低頭女兒面前別处婆子曰女兒過來把盞婆惜曰你們自吃我不耐煩婆子曰你不把盞便罷且轉臉來吃酒婆惜只不回頭婆子只把酒來劝宋江勉强吃了一盃婆子咲曰押司莫要見責外人謊言乱語不要听他婆惜尋思我心在張三身上這厮若不把他灌醉他必纏我只得陪他意陪他婆子咲曰押司再飲几盃宋江被他苦劝連飲三五盃宋江又不做声正沒計退得却有個唐牛兒往日常得宋江資助宋江要用他時死命向前當晚正輸了去尋宋江不見傍人指教在閻婆家去了牛兒逕到閻婆家樓上見宋江婆惜都低了頭却閃入去便曰小人何处不尋過宋江曰莫非縣裡緊急事牛兒曰縣裡滿处差人來尋押司便可動身宋江曰就去婆子攔住縣裡晚間有甚公事都是這賊子別生詭計要賺入賣便把牛兒打了一推出門去牛兒罵曰老蟲虫我不看押司面上教你家屋裡粉碎婆子到楼上曰押司如今再休來那乞丐却早去睡婆子收拾睡了宋江思忖這賊人與張三有情我要去又夜深只得权睡如何情分誰想婆惜心裡只思想張三无心恋着宋江正是佳人有意才郎俏紅宋江是個好漢調女色的手段却不会兩个在灯下对坐都不做声心昨明月光

銀河耿耿　玉漏迢迢　穿窗斜月映寒光　透戶涼風吹夜氣　譙

覷驚　蛩龍悽涼　独宿佳人情緒苦　譙樓禁鼓　一更未尽一更催　別院寒砧

将残千搗起　屋簷前叮噹鐵馬　敲碎士子情怀　銀缸內閃爍青燈　偏照佳人愁緒

貪淫妓女心如鐵　仗義英雄氣似虹

宋江回樓尋取鑾帶

宋江見婆惜不脫衣裳睡了尋思曰可耐這賊人全不采我今日吃了几盃酒打熬不過把巾幘鑾帶上有把解衣刀和招文袋都挂在床边欄干上便去睡那到五更起來穿了衣服帶了巾幘宋江忿氣下楼閻婆听得脚步响便在床上叫道押司且睡一睡待天明了去宋江只顧開門從縣前過猛然思想起招文袋昨晚挂在賊人楼上一時氣起忘了不曾繫來内有金子[illegible]有晁盖的書包這金子我在酒店欲当刘唐面前燒了他回去說時只道我不把他為念正要拿回去燒誰想王婆叫捨棺材成了此事一向忘了這賊人頗識得字若是被他拿去了倒是利害慌忙奔回閻婆家裡來正是

合是英雄命運乖　遺前忘後可怜哉

循环莫謂天无意　醞釀原知禍有胎

那婆惜听得宋江出門去了床前灯明只見欄干上拖下條紫色羅帶婆惜咲曰且把來與張三繫腰提起招文袋來覺有些重探手取出一包金子和一封書婆惜見了笑咲曰天賜我和張三買物件又將書來上面寫着晁盖許多事情婆惜曰正要和張三做夫妻却沒机会原來與梁山泊賊人來往今撞在我手裡把這書依原包了插在招文袋裡正在楼上首

宋江取袋怒殺婆惜

言自語听得樓下門响忙把鑾帶刀子招文袋衣捲做一塊藏在彼上依前睡了閻婆問曰是誰宋江曰是我婆子曰押司再和姐〻睡到天明去宋江也不答走上來去欄干上取時却不見了宋江心慌只得忍氣把手去搖婆惜曰你把招文袋還我婆惜假睡不應宋江曰我昨晚挂在欄干上只是你收得把來還我休要作耍婆惜曰誰和你作耍我不曾見宋江曰你先時不曾脫衣裳如今蓋被睡一定是起來鋪被拿了婆惜將眼圓睜怒曰是老娘拿了你的你去官府便拿我做賊論你說老娘和張三有事也不該死罪原來你和那打劫賊通同這封書老娘牢〻收着若要饒你時只依我三件事便罷宋江曰便是三十件也依你婆惜曰要將原典我的文書還我任從我改嫁張三第二件典我首飾用度也要寫一紙文書不許日後來取第三件要那晁蓋與你一百兩金子快把來與我便饒你大〻的官司便還你招文袋宋江曰頭二件事只要手動依你這一百兩金子我不曾受了還他去了婆惜曰常言公人見財蒼蠅見血他送金與你豈有不受之理你待哄誰宋江曰你若不信限我三日將家私變賣一百兩金與你你還我招文袋婆惜曰招文袋還你這封書留下三日等你拿金子來兩相交付宋江曰果然不曾受這金子婆惜曰明日到公廳時你也說不曾拿宋江見說公廳兩字大怒扯起婆惜被蓋見了鑾帶刀、掄把壓衣刀子拏在手裡那婆惜連叫兩声黑三郎殺人宋江按住婆惜一刀殺死將婆惜頭砍落枕上取出招文袋把書燒了那閻婆在樓下听得女兒叫殺人慌忙穿了衣服走上樓來推開

牛兒婆子扭見知縣

房門見殺死女兒婆子哭曰却為甚事殺他宋江曰我是烈漢決然不走婆子曰這賤人不仔細死只是老身无人養老宋江曰不用憂心只教你豐衣足食快活過世便了婆子曰深感押司我這女兒怎生埋殯宋江曰我與你同去陳三郎家買副棺材取銀與你便用婆子曰說得是兩個下樓來把門鎖了逕投縣前天色已明正開縣門婆子將宋江一把扯住喊曰殺人賊在這裡宋江心慌連忙掩住婆子的口凡個公人走來看見是宋江便勸曰婆子住口押司不是這般人閻婆曰他殺死我女兒正是兇首與我捉住這宋江為人寬好滿縣人都讓他因此做公的都不肯拿他宋江被婆子扭住不得脫身却遇唐牛兒托一盤糟薑來縣前賣見婆子扭住宋江叫屈唐牛兒想起昨夜的惡氣把那婆子手折開望婆子面上打個滿天星那婆子昏朧只得放手宋江脫走了婆子扯住唐牛兒叫曰替我捉住殺人賊眾公人便拿住唐牛兒推進衙裡來正是禍福元門人自招披麻救火惹火燒且听下回分解

○第二十一回　閻婆大鬧鄆城縣　朱仝義釋宋公明

為恋胭花惹禍端　閻婆口状去公庭　若非義士行仁愛　定使開屏鎖鳳鸞　四海英雄思慷慨　一腔忠義動衣冠　九泉難負朱仝德　千古高名逼斗寒

話說做公的拿住唐牛兒解至縣裡知縣問曰因甚殺人婆子告曰老身姓閻有個女兒名喚婆惜典與宋江昨夜女兒和宋江吃酒唐牛兒逕來尋鬧喊驚出街今早宋江把女兒殺死老身結扭

張三稟拿宋江父親

到縣前這牛兒却把宋江打奪走了知縣曰你這廝怎敢打奪犯身唐牛兒告曰小人不知情只因昨夜被這閻婆又小人出來今早小人遇見閻婆扭住宋江小人特去劝解他便走了不知殺死他女兒知縣叫曰詠說宋江是個君子怎肯造次殺人這人命必然在你身上便喚押司張文遠文遠見宋江殺了他的表子隨即取了各人口詞立一宗案前去檢驗屍首把棺木盛貯將一干人帶到縣裡知縣却和宋江最好只把唐牛兒推問打到三五十下不肯招認知縣明知他不知情一心要救宋江且教取一面枷來釘了監在牢裡張文遠禀曰只去拿宋江來問便有下落知縣只得差人去捉宋江已逃走了張文遠又禀宋江逃去他的父親只弟兒在宋家村捉來到官責限捕捉宋江知縣只要朦朧做在唐牛兒身上怎当張文遠立主文案便閻婆只命來告知縣只得差人去捉宋江的兄弟父親公人來到宋家庄見了宋太公太公訴曰老漢祖代務農不肖子宋江不守本分要去做吏因此老漢在本縣官處告他忤逆別籍因和宋清在家耕田過活給有文帖在此存照衆公人都和宋江好不肯做冤家便曰太公既有執憑取來抄去縣裡回話太公隨即置酒款待打發銀兩相辭太公回縣來見知縣將執憑文帖呈知知縣曰既有執憑公文难拘父兄可出賞錢千貫行移諸処捕捉宋江那張三又唆閻婆去告曰宋江只躲在家知縣曰宋江父親已自告他另居出籍給有執照如何拿得他父親兄弟閻婆哭告曰人命關天老爺若不作主只得上府去告張文遠禀曰閻婆要去上司告狀倘來提問小吏难去回話知

朱仝搜庄宋江敘話

縣只得再差朱仝雷横去庄上搜捉宋江朱仝雷横領了公文点起土兵逕奔宋家庄來見宋太公曰太公休怪你押司全犯人命事情躲在那里宋太公曰都頭在上我這逆子前官手裡已告開籍不同老漢一家並不曾回來朱仝曰雖然不在庄上再我們搜一搜好去回話便叫土兵圍了庄院先叫雷横入去搜一編出來对朱仝曰端的不在庄裡朱仝曰待我入去搜一搜朱仝自進庄裡把門拴上走入佛堂內去將供桌拖開揭起一塊地板來將索子頭只一扯銅鈴一声响宋江從地窖裡鑽出來見了朱仝失驚朱仝曰哥哥休驚小弟曾听得兄長說我家佛座底下有個地窨上面蓋着板片你有緊急之事可來我家躲避小弟緊記在心今日本官差我與雷横來時沒奈何只瞞生人眼目知縣也有救兄之心只被張三賊唆那婆子來禀知縣要去上司告狀因此又差我兩個來捉你我邏和兄長說此不是安身之処倘人知得怎了宋江曰多得賢弟周全今有三個安身処一是滄州横海柴進庄上二是青州清風寨小李廣花栄三是白虎山孔太公庄上不知投何処去好朱仝曰当行即行勿疑自悞宋江曰官司之事全賴老弟支持朱仝曰這事放心只投去路宋江謝了朱仝再入地窨裡去朱仝仍旧將地板蓋上開門出來曰真個沒有雷横意思朱仝和宋江最好怎肯捉他落得人情做朱仝雷横叫土兵都入草堂上來宋太公置酒款待與銀二十兩送與二位都頭分與衆土兵二人相辭了太公引一行人回縣禀道委實不在宋太公病卧在床宋清已自前月出外宋問因此只把執照抄白在此知縣曰既然

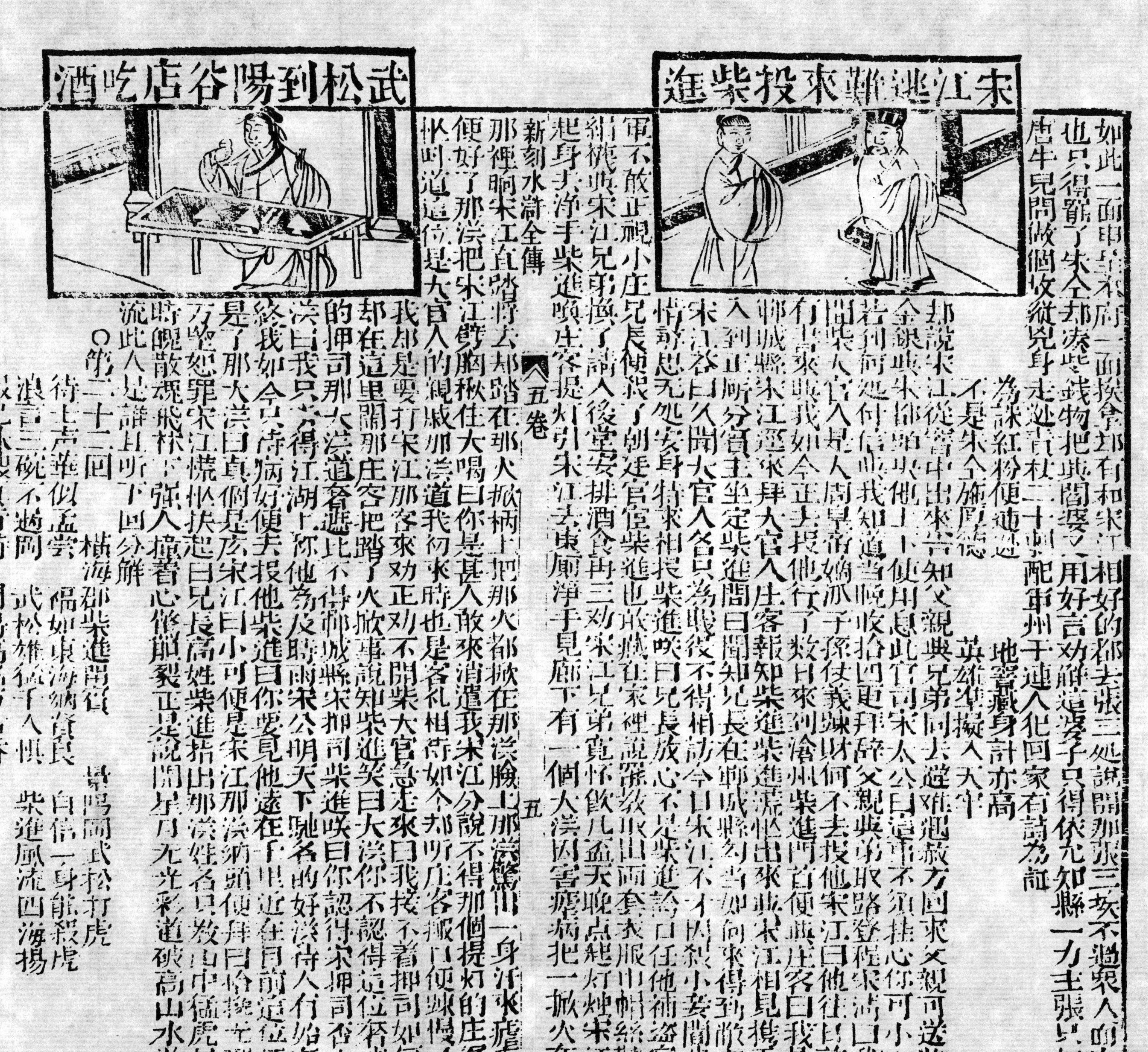

宋江逃難來投柴進

如此一面申呈本府一面挨拿却有和宋江相好的都去張三処說開那張三交不過衆人的皮也只得罷了朱仝却湊些錢物把與閻婆又用好言劝解道婆子只得依允知縣一力主張只把唐牛兒問做個故縱兒身走逃責杖二十刺配軍州干連人犯回家有詩為証

為誅紅粉便逃逝　地窖藏身計亦高
不是朱仝施厚德　英雄准擬入天牢

却說宋江從縣中出來告知父親與兄弟同去避難遇赦方回求父親可送些金銀與朱都頭將些俵他上下使用息此官司宋太公曰這事不須挂心你可小心若列何處何倚此我知道当晚收拾四更拜辭父親與弟取路登程宋清曰我聞柴大官人是大周皇帝嫡派子孫仗義疎財何不去投他宋江曰他往日前有書來與我如今正去投他行了数日來到滄州柴進門首便與庄客曰我是鄆城縣宋江逕來拜大官人庄客報知柴進柴進滾忙出來與宋江相見攜手入到正廳分賓主坐定柴進問曰聞知兄長在鄆城縣勾当如何來得到敝庄宋江答曰久聞大官人名只為職役不得相訪今日宋江不才因殺小妾閻婆惜敢思无処安身特來相投柴進笑曰兄長放心不是柴進誇口任他捕盗官軍不敢正視小庄兄長便殺了朝廷官宦柴進也敢藏在家裡說罷教取出兩套衣服巾幘絲鞋紺桃與宋江兄弟換了請入後堂安排酒食再三劝宋江兄弟寬怀飲几盃天晚点起灯燭宋江起身去淨手柴進喚庄客提灯引宋江去東廁淨手見廊下有一個大漢因害瘧疾把一掀火在

新刻水滸全傳　五卷　五

武松到陽谷店吃酒

那裡晌宋江直踏將去却踏在那火掀柄上把那火都掀在那漢臉上那漢驚出一身汗來瘧疾便好了那漢把宋江劈胸揪住大喝曰你是甚人敢來消遣我宋江分說不得那個提灯的庄客怯叫道這位是大官人的親戚那漢道我初來時也是客礼相待如今却听庄客搬口便疎慢了我却是要打宋江那客來劝正劝不開柴大官急走來曰我接不着押司如何却在這里鬧那庄客把踏了火掀事說知柴進笑曰大漢你不認得這位奢遮的押司那大漢道奢遮比不得鄆城縣宋押司柴進喚曰你認得宋押司否大漢曰我只聞得江湖上稱他為及時雨宋公明天下馳名的好漢待人有始終我如今只待病好便去投他柴進曰你要見他遠在千里近在目前這位便是了那大漢曰真個是麼宋江曰小可便是宋江那漢納頭便拜曰恰撞大瞿万望恕罪宋江慌忙扶起曰兄長高姓柴進指出那漢姓名只教山中猛虎見時魄散魂飛林下強人撞着心驚膽裂正是說開星月无光彩道破高山水逆流此人是誰且听下回分解

〇第二十二回　横海郡柴進留賓　景陽岡武松打虎

待士声華似孟嘗　偏如東海納賢良
自信一身能殺虎
濃盲三碗不過岡　武松雄猛千人懼
柴進風流四海揚
報兄誅嫂真奇特　聞得高名万古香

柴進曰這漢清河縣人氏姓武名松排行第二在此間一年宋江曰江湖上多聞武二郎名字不

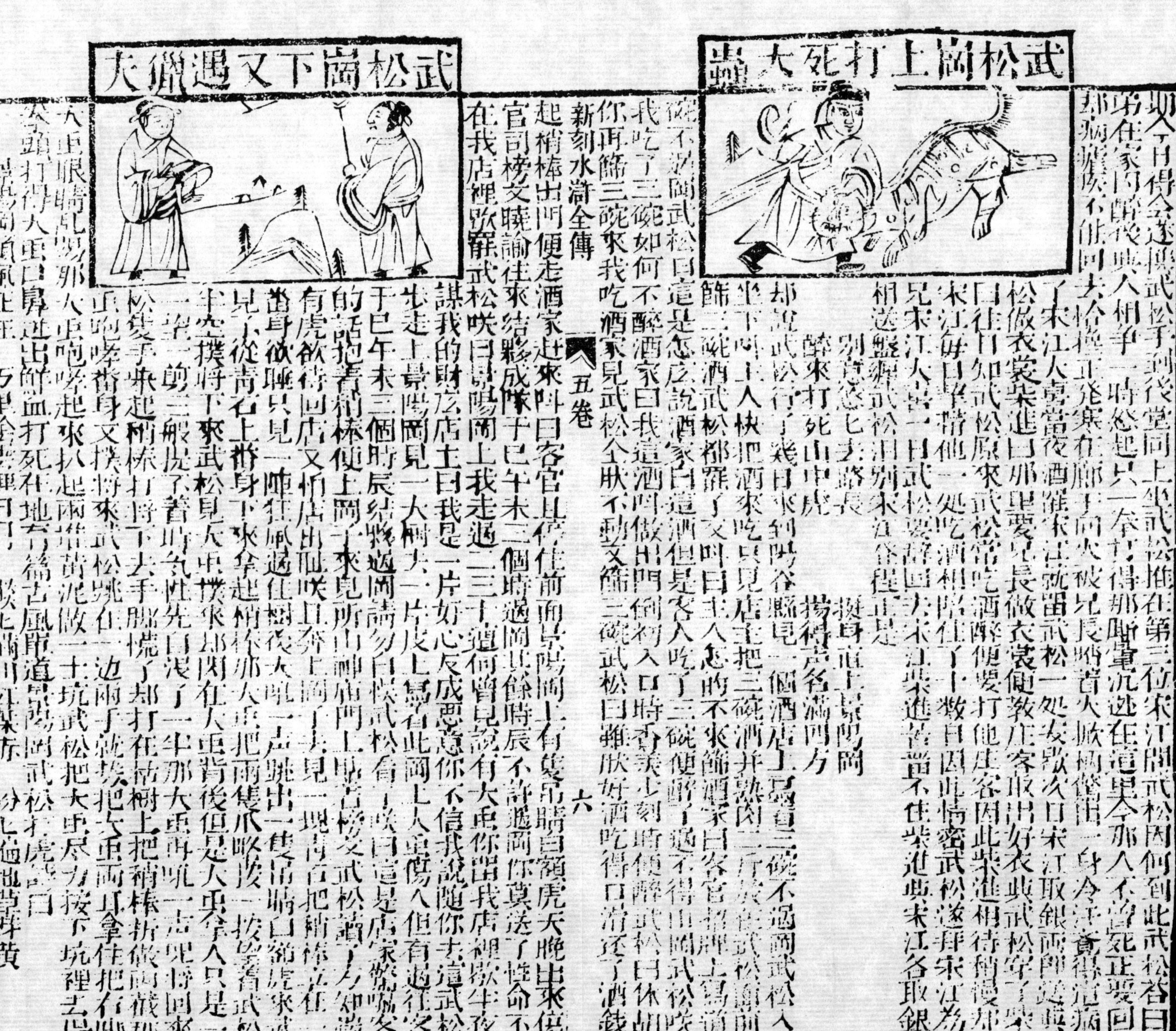

武松崗上打死大蟲

叫入日得命逃携武松手到後堂同上坐武松推在第三位宋江問武松因何到此武松答曰小弟在家因醉後與人相爭一時怒起只一拳打得那厮暈沉逃在這裏今那人不曾死正要回鄉却病擔阁不能回去恰攜在此寒在廊下向火被兄長踏着火鍁驚出一身冷汗貪得這病好了宋江大喜當夜酒罷宋江就留武松一处安歇次日宋江取銀兩與武松做衣裳柴進曰那里要兄長破费衣裳便教庄客取出好衣與武松穿了柴進日往日知武松原来武松常吃酒醉便要打他庄客因此柴進相待稍慢却得宋江每日伴带他一处吃酒相陪住了十数日因此情密武松遂拜宋江为義兄宋江大喜一日武松要辞回去宋江柴進苦留不住柴進與宋江各取銀兩相送盤纏武松泪别宋江登程正是

別後悠悠去路長　挺身直上景陽崗
醉來打死山中虎　揚得声名滿四方

却說武松行了幾日來到陽谷縣見一個酒店上寫道三碗不過崗武松入店坐下叫主人快把酒來吃只見店主把三碗酒并熟肉二斤放在武松面前連飾三碗酒武松都罷了又叫曰主人怎的不來飾酒酒家曰客官招牌上寫道三碗不過崗武松曰這是怎的說酒家曰這酒但是客人吃了三碗便醉了過不得山崗武松咲曰我吃了三碗如何不醉酒家曰我這酒叫做出門倒初入口時香美少刻時便醉武松曰休胡說你再飾三碗來我吃酒家見武松全然不動又飾三碗武松曰雖然好酒吃得口滑还了酒錢綽

武松崗下又遇獵大

起稍棒出門便走酒家赶來叫曰客官且停住前面景陽崗上有隻吊睛白額虎天晚出來傷人官司榜文曉諭往來结彩成隊于巳午未三個時辰過崗其餘時辰不許過崗你莫送了性命不如在我店裡歇罷武松咲曰景陽崗上我走過二三十遭何曾見說有大虫你留我店裡歇半夜要謀我的財么店主曰我是一片好心反成惡意你不信我說隨你去這武松大步走上景陽崗見一大樹去一片皮上寫着此崗上大虫傷人但有過往客商于巳午未三個時辰結隊過崗請勿自悮武松看了咲曰這是店家嚇唬客人的話抱着稍棒便上崗了來見所山神庙門上貼着榜文武松讀了方知端的有虎欲待回店又怕店出咍咲且奔上崗了去見一塊青石把稍棒放在一边番身欲睡只見一陣狂風過在樹後大吼一声跳出一隻吊睛白額虎來武松見了從青石上番身下來拿起稍棒那大虫把兩隻爪略按一按望着武松從半空撲將下來武松見大虫撲來却閃在大虫背後但是大虫拿人只是一撲一掀一剪三般捉不着時氣性先自没了一半那大虫再吼一声兜将回來武松雙手舉起稍棒打將下去手脚慌了却打在枯樹上把稍棒折做兩截那大虫咆哮番身又撲將來武松跳在一边兩手就勢把大虫兩耳拿住把右脚望大虫眼睛乱踢那大虫咆哮起來扒起兩堆黄泥做一土坑武松把大虫尽力按下坑裡去提起拳頭打得大虫口鼻迸出鮮血打死在地有詩為古風單道景陽崗武松打虎詩曰

景陽崗頭風正狂　万里陰雲埋日光
焰々満川楓葉赤　紛々遍地草芽黄

知縣賜武松叅都頭

融日曉雷挂林藪　侵人冷露滿宮蒼　忽聞一声霹靂响　山腰飛出獸中王
昂頭踊躍逞牙爪　谷口麋鹿皆奔怆　卞莊見後魂魄散　存孝遇時心胆寒
清河壯士酒初醒　忽在岡頭偶相逢　上下尋人虎飢餓　撞着咆哮來撲人
虎來撲人似山倒　人去迎虎如岩傾　臂腕落時似飛砲
爪牙排如成泥坑　拳頭脚尖如雨点　淋漓兩手鮮血染
近看千鈞势力休　遠观八面威風歛　身横野草錦斑消
掩閉隻睛光不閃

那景陽岡上猛虎却被武松打得動僤不得武松放了手只伯大虫不死又打了一回大虫死了武松曰且拖這大虫下岡去伸手來拖那里拖得動武松力倦再來青石上坐尋思曰天色黑了倘或又跳出一個大虫來怎鬥得他過且下岡來只見樹林中鑽出兩個大虫來武松曰我命合休仔細看時却是兩個人把虎皮縫作衣裳穿在身上那兩人見了武松驚曰這人好大胆如何獨自半夜又没器械敢過岡來武松曰你兩個是誰其人曰我等是本處獵戶因這景陽岡上有隻大虫夜々出來傷人本縣知縣着落我等捕捉今夜輪該我們捕捉正在這里埋伏你曾見大虫麼武松曰我是清河縣人氏姓武名松恰纔岡上撞見大虫被我一頓拳脚打死了兩人不信武松曰你們不信只看我身上血跡獵戶曰被你怎的打死了武松將打大虫本事說了一遍兩個獵戶点起火把聚集人跟武松上岡來看見大虫死做一堆衆

武松縣前偶遇兄長

人把大虫抬下岡來却請武松到里正家裡使人去縣裡報知了衆上戶置酒謝武松曰今日幸得壯士除了大害一鄉人民有福武松谷曰托賴長上福蔭衆村都具酒禮來把武松次日縣裡差人來接武松到縣請賞把那大虫扛到陽谷縣裡一縣人民都來看迎大虫武松進到縣裡立在厛下知縣看了武松模樣見這錦毛大虫知縣問曰壯士這虎怎生被你打死了武松將打虎的本事說了一遍知縣就厛上賜了幾盃酒令取賞錢一千貫賜武松武松曰賴相公洪福僥倖打死這個大虫小人听知衆獵戶因這大虫受了責罰這賞錢乞賜與衆獵戶知縣曰任壯士主持武松就賞錢散與衆獵戶知縣見他忠厚便曰你既是清河縣人與陽谷縣近隣今日就叅你做個都頭如何武松曰蒙恩相抬舉頭隨伏侍知縣即喚押司立了文案当日便叅武松做了步兵都頭各上戶都來作賀武松自想曰本要回去看望哥々誰想在此做了都頭一日武松出縣前閑玩只見背後一人叫声武二你今日發跡武松回頭看見此人是誰且听下回分解

〇第二十三回　王婆貪賄說風情　鄆哥不忿閙茶肆

酒色端能敗国邦　由來美色害忠良　紂因妲己宗祧失　吳為西施社稷亾
自覩青春行処樂　豈知紅粉笑中鎗　武松殺却貪淫婦　莫向東風怨上蒼

武松回頭見那人便拜王是武松的親哥武大郎大郎曰你去許多時我又怨你又想着你武松更問曰哥々怎的又怨我又想我武大曰你在清河縣吃醉了酒打傷了人吃官司今我隨衙听

武松同兄見嫂敘話

侯受苦這個便是怨你我近來娶得一房[illegible]子清河縣人都來欺我沒人做主安身不得移在此居住沒人為什便是想你驗來武大與武松是一母所生武松身長八尺一貌堂々渾身有千百斤氣力這武大身不滿五尺生得醜陋都叫做三寸丁谷樹皮縣裡有個大戶人家一個使女小名潘金蓮年方二十歲有些顏色那大娘心不喜他忿氣陪些房奩白白嫁與武大武大自娶之後有幾個奸詐子弟都來他家走動那婦人因武大人醜陋不会風流到愛偷漢子有詩為証

金蓮容貌更堪題　笑蹙春山八字眉
若遇風流情子弟　等閑雲雨便偷期

武大是個本分的人在清河縣住不牢搬來陽谷縣紫石街賃房居住每日挑賣燒餅當日縣前見了武松武大曰兄弟我前听得人說景陽岡上一個打虎的壯士姓武知縣參他做了都頭我也猜道是你今日得見和你在我家去敘兄弟之情武松跟武大來到紫石街武大叫声大嫂開門只見一個婦人出到簾下應曰大哥開門了武大入見妻子曰大嫂原來景陽岡打死大虫新恭做都頭的正是我這個親弟那婦人向前曰叔々萬福武松回禮了那婦人扶住曰且請叔々到楼上去坐那婦人對武大曰我陪叔々坐着你去安排酒食來款待叔々武大曰正是便下楼來買辦那婦人看了武松這表人物心裡尋思曰我若嫁得這等人也不枉了一世便笑問武松叔々來這裡幾月了武松答曰到此十數日婦人曰叔々在那里安歇武松曰叔在衙裡安歇婦人曰何不搬來一家早晚要些湯水也得相顧武松曰多謝嫂

嫂婦人曰莫不有嬸々接來相会武松曰不曾婚娶武松曰只想哥々在清河縣不料搬在這里婦人曰一言难尽你哥々忒善弱被人欺負只得移住在此若似叔々這般強壯誰敢相欺武松曰家兄從來本分不似武二撒潑那婦人曰奴家平生性快看不得這般人有詩為証

婦人簾下迎接武松

嫂叔萍蹤偶得逢　嬌娆偏逞秀儀容
私心便欲成欢会　暗把邪言釣武松

却說潘金蓮和武松說話未了武大買些酒肉央間壁王婆安排齊整托上楼來擺在桌上三個坐下武大篩酒那婦人曰叔々請飲好肉逓一武松吃武松是個性直漢子只把做親嫂相敬誰想婦人一双眼只管顧看武松武松只低頭当日吃了酒武松便起身都下楼來那婦人對武大曰你打掃一間房請叔々來家裡同住可不尽你兄弟之情武大曰說得是二弟你便去搬來也我争口氣武松曰既是哥嫂說了便去搬來遂投縣來叫士兵挑了行李到武大安下当晚三人晚飯畢次早武松去縣里畫卯回家那嫂着整安排酒肉飯食與武松吃有詩為証

盡道豐年瑞　豐年瑞若何
長安有貧者　宜瑞不宜多

當早武松去縣畫卯武大被婦人叫去出做買賣央及王婆買酒肉入武松房裡簇一盆炭火心中自想曰我今日着實撩他一会不怕不動情那婦人独立簾下武松正在雪裡回來那婦人捲簾笑臉迎接曰叔々寒冷武松曰感謝嫂々憂念婦人曰叔々輒面向火武松曰哥々那里去婦人

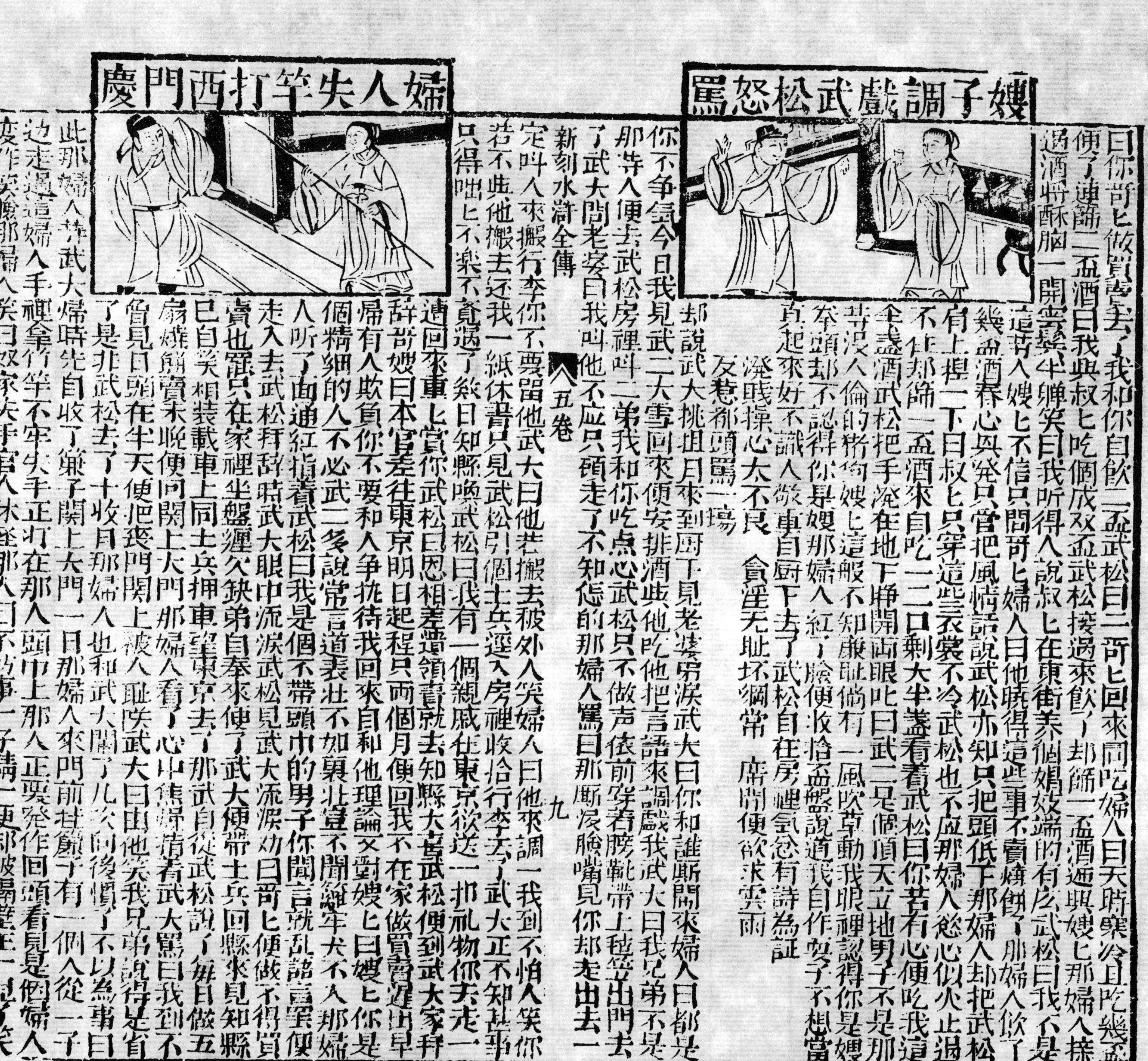

嫂子調戲武松怒罵

婦人失竿打西門慶

曰你哥々做買賣去了我和你自飲一盃武松曰二哥々回來同吃婦人曰天時寒冷且吃幾盃
便了連篩二盃酒曰我與叔々吃個成双盃武松接過來飲了却篩一盃酒遞與嫂々那婦人接
過酒將酥胸一開雲鬟半嚲笑曰我听得人說叔々在東街養個娼妓端的有麼武松曰我不是
這等人嫂々不信只問哥々婦人曰他曉得這些事不賣燒餅了那婦人飲了
幾盃酒春心與發只管把風情話說武松亦知只把頭低下那婦人却把武松
肩上捏一下曰叔々只穿這些衣裳不冷武松也不应那婦人慾心似火止過
不住那篩一盃酒來自吃一二口剩大半盞看着武松曰你若有心便吃我這
盞酒武松把手潑在地下睜開兩眼叱曰武二是個頂天立地男子不是那
等沒人倫的猪狗嫂々這般不知廉耻倘有一風吹草動我眼裡認得你是嫂
拳頭却不認得你是嫂那婦人紅了臉便收拾盃盤說道我自作耍子不想當
真起來好不識人敬重自厨下去了武松自在房裡氣忿々有詩為証

潑賤操心太不良　貪淫无耻坏綱常　席間便欲求雲雨
反惹都頭罵一場

却說武大挑担归來到厨下見老婆哭淚武大曰你和誰斷鬧來婦人曰都是
你不爭氣今日我見武二大雪回來便安排酒與他吃他把言語來調戲我武大曰我兄弟不是
那等人便去武松房裡叫二弟我和你吃点心武松只不做声依前穿着靴帶上毬笠出門去
了武大問老婆曰我叫他不应只顧走了不知怎的那婦人罵曰那廝沒臉嘴見你却走出去一

定叫人來搬行李你不要留他武大曰他若搬去被外人笑婦人曰他來調一我到不怕人笑你
若不與他搬去还我一紙休書只見武松引個士兵還入房裡收拾行李去了武大正不知甚事
只得咄々不樂不覺過了幾日知縣喚武松曰我有一個親戚在東京欲送一担禮物你去走一
遭回來重々賞你武松曰恩相差遣領意就去知縣大喜武松便到武大家拜
辭哥嫂曰本官差往東京明日起程只兩個月便回我不在家做買賣遲出早
帰有人欺負你不要和人争𢨔待我回來自和他理論又對嫂々曰嫂々你是
個精細的人不必武二多說常言道表壯不如裏壯籬牢犬不入那婦
人听了面通紅指着武松曰我是個不帶頭巾的男子你聞言就乱語言罷便
走入去武松拜辭時武大眼中流淚武松見武大流淚劝曰哥々便做不得買
賣也罷只在家裡坐盤纏欠缺弟自奉來使了武大便帶士兵回縣來見知縣
已自笑相装載車上同士兵押車望東京去了那武自從武松說了每日做五
扇炊餅賣未晚便同閉上大門那婦人看了心中焦燥指着武大罵曰我到不
曾見日頭在半天便把喪門閉上被人耻笑武大曰由他笑我兄弟說得是省
了是非武松去了十数日那婦人也和武大鬧了几次向後慣了不以為事曰
此那婦人等武大婦時先自收了簾子関上大門一日那婦人來門前甘簾子有一個人從一子
边走過這婦人手裡拿竹竿不牢失手正打在那人頭巾上那人正要發作回頭看見是個婦人
変作笑臉那婦人笑曰奴家失手官人休怪那人曰不妨事一子請一便却被隔壁王一見了笑

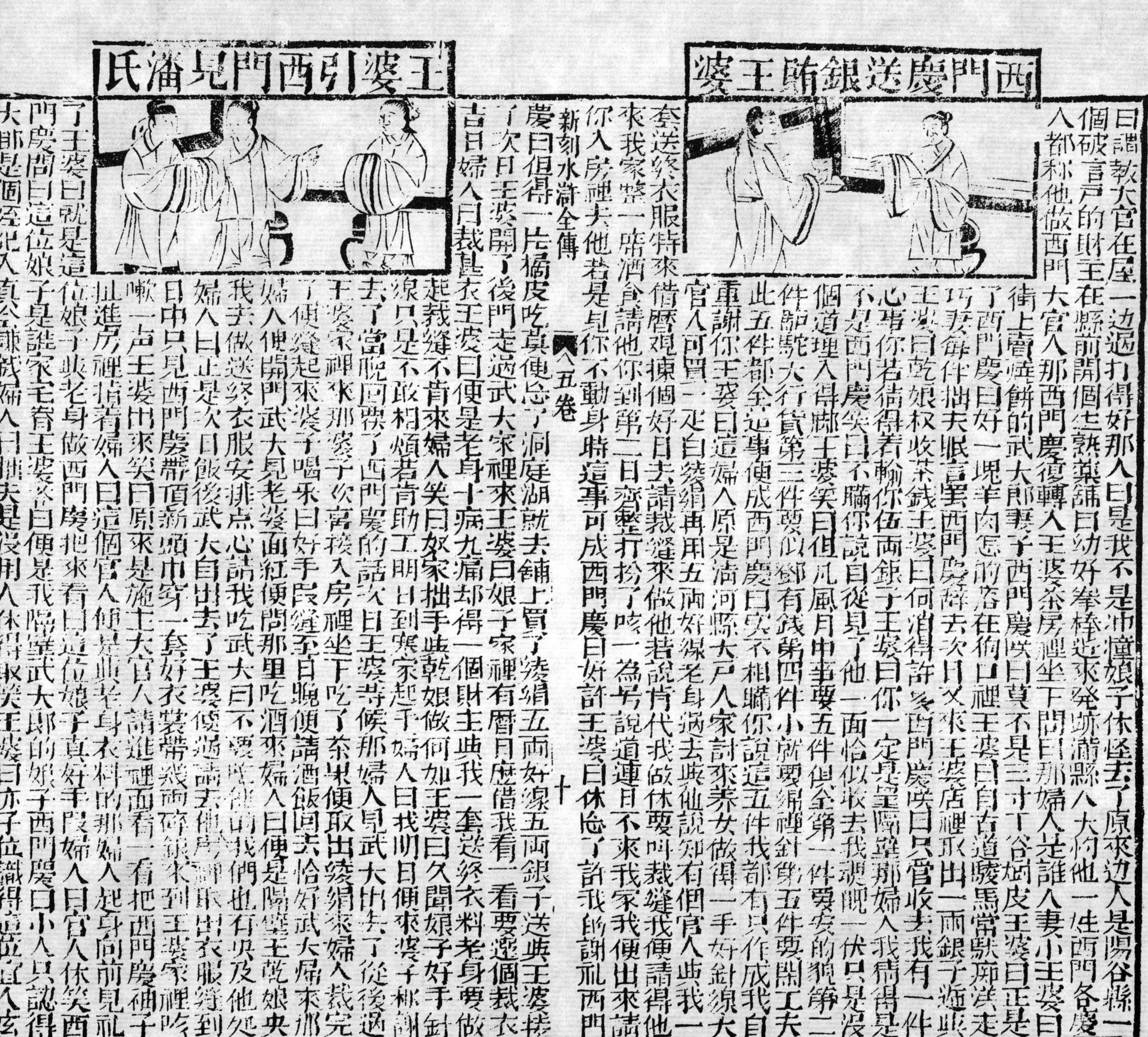

西門慶送銀賄王婆

曰謂教大官在屋一边過打得好那人曰是我不是巾幘娘子休怪去了原來边人是陽谷縣一個破言戶的財王在縣前開個生熟藥舖自幼好拳棒近來發跡滿縣人大怕他一姓西門各慶人都稱他做西門大官人那西門慶復轉入王婆茶房裡坐下問曰那婦人是誰人妻小王婆曰街上賣燒餅的武大郎妻子西門慶跌曰莫不是三寸丁谷樹皮王婆曰正是了西門慶曰好一塊羊肉怎的落在狗口裡王婆曰自古道駿馬常馱痴漢走巧妻每伴拙夫眠言罷西門慶辭去次日又來王婆店裡取出一兩銀子遞與王婆曰乾娘权收茶錢王婆曰何消得許多西門慶跌曰只管收去我有一件心事你若猜得着輸你伍兩銀子王婆曰你一定是望隔壁那婦人我猜得是不是西門慶笑曰不瞞你說自從見了他一面恰似收去我魂魄一伏只是沒個道理入得脚王婆笑曰但凡風月中事要五件俱全第一件要安的貌第二件部駝大行貨第三件要似鄧有錢第四件小就要綿裡針第五件要閑工夫此五件都全這事便成西門慶曰實不相瞞你說這五件我都有只作成我自重謝你王婆曰這婦人原是清河縣大戶人家討來养女做得一手好針線大官人可買一疋白綾絹再用五兩好綿老身過去與他說知有個官人與我一套送終衣服特來借曆頭揀個好日去請裁縫來做他若說肯代我做休要叫裁縫我便請得他來我家整一席酒食請他你到第二日齊整打扮了咳一為号說道連日不來我家我便出來請你入房裡去他若是見你不動身時這事可成西門慶曰好許王婆曰休忘了許我的謝禮西門

新刻水滸全傳　八五卷　十

王婆引西門見潘氏

慶曰但得一片橘皮吃莫便忘了洞庭湖就去鋪上買了綾絹五兩好線五兩銀子送與王婆接了次日王婆開了後門走過武大家裡來王婆曰娘子家裡有曆日麼借我看一看要選個裁衣吉日婦人曰裁甚衣王婆曰便是老身十病九痛却得一個財主典我一套送終衣料老身要做趁裁縫不肯來婦人笑曰奴家拙手與乾娘做何如王婆曰久聞娘子好手針線只是不敢相煩若肯助工明日到寒家起手婦人曰我明日便來婆子稱謝去了當晚回覆了西門慶的話次日王婆等候那婦人見武大出去了從後過王婆家裡來那婆子歡喜接入房裡坐下吃了茶果便取出綾絹來婦人裁完了便縫起來婆子喝采曰好手段縫至日晚便請酒飯回去恰好武大歸來那婦人便開門武大見老婆面紅便問那里吃酒來婦人曰便是隔壁王乾娘央我去做送終衣服安排点心請我吃武大曰不要吃他的我們也有央及他処婦人曰正是次日飯後武大自出去了王婆便過請去他房裡取出衣服縫到日中只見西門慶帶頂新頭巾穿一套好衣裝帶幾兩碎銀來到王婆家裡咳嗽一声王婆出來笑曰原來是施主大官人請進裡面看一看把西門慶袖子扯進房裡指着婦人曰這個官人便是典老身衣料的那婦人起身向前見禮了王婆曰就是這位娘子替老身做西門慶把來看曰這位娘子真好手段婦人曰官人休笑西門慶問曰這位娘子是誰家宅眷王婆答曰便是我隔壁武大郎的娘子西門慶曰小人只認得大郎是個經紀人真公謙鉞婦人曰拙夫是沒用人休得取笑王婆曰亦子位識得這位官人麼

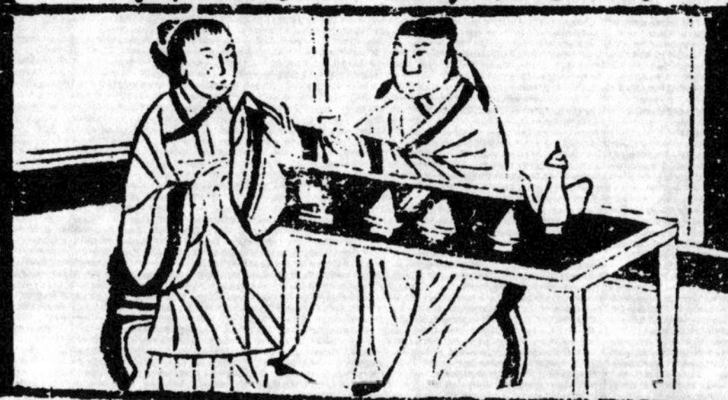

婦人曰奴家不認得王婆曰這位大官人是本縣財主叫做西門大官人家裡有財有勢那婦人只低頭縫針王婆便去点茶来與兩個吃覺眉目送情王婆曰大官人不來時老身不敢來府上相請難得這位娘了在這里官人做個主人替老身做個澆手西門慶取出五兩銀子遞與王婆

西門慶席上戲潘氏

備辦酒食那婦人曰乾娘兒勞只是口說却不動身將眼偷看西門慶心中大喜不多時王婆買酒雞肉打扮齊整叫娘了且收拾吃一盃酒婦人曰乾娘自便相待大官人奴家却不當婆子曰正為娘子澆手如何說這這話三人坐定把酒来斟西門慶拿起盞来曰娘子满此盃婦人謝曰多感官人厚意接酒来飲過了王婆又斟上酒西門慶曰敢問娘子青春多少婦人曰奴家虛度二十五歲西門慶曰小子痴長五歲王婆曰大官人宅裡枉有許多那里討得一個比得這娘子西門慶曰小子命薄不曾招得好的王婆曰大官人先的娘子可好西門慶曰若是先妻在日家中有主那婦人問曰官人沒人娘子幾年西門慶曰小子先妻沒了三年家事七顛八倒小子只得出来那婆子笑曰大官人你养的外宅在東街上如何不請老身去吃茶西門慶曰張惜惜是個路妓之人我不喜欢他王婆曰也有中官人的么西門慶曰恨我缘分淺自不撞着王婆曰正好吃酒又餘沒了西門慶曰只顧買来婆子笑曰我直去縣前買一瓶好酒来你兩個不要動身王婆出来関了房門兩個自在房裡便斟酒来劝那婦人將袖子在桌上一拂那双筯落在婦人脚边西門慶手伸下去拾便去婦人脚下捏了一下婦人笑曰官人你有心要勾當我西

門慶跪下曰只求娘子見怜小生那婦人便把西門慶摟起當時兩個就在王婆房裡脫衣解帶共枕合欢二人雲雨纔罢正欲各整衣帶只見王婆推開房門入来曰我請你来做衣裳不曾教你来偷漢子武大得知必連累我不如我先去出首回身便走那婦人扯住曰乾娘恕我二人罢

西門慶與潘氏通姦

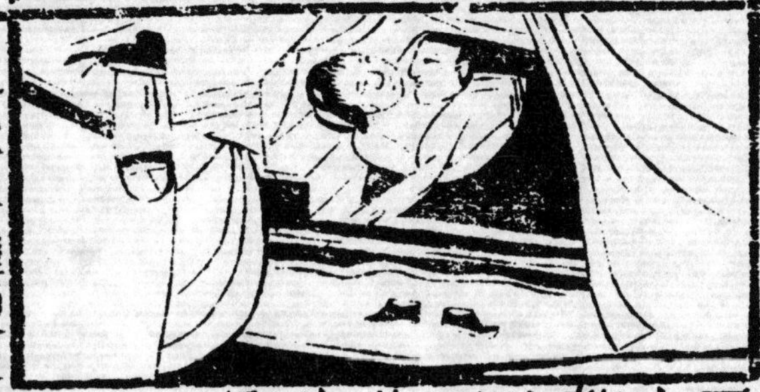

西門慶曰乾娘低声王婆笑曰若要我饒恕都要依我一件事那婦人曰便是十件奴也依随王婆曰今日為始瞞着武大每日來此不要失約婦人曰都依乾娘便了王婆曰大官人這事已完了所許之物不可失信西門慶曰乾娘放心豈敢失信三人又吃了幾盃那婦人起身曰武大將回奴家後門同大婆对與你相辭去了那婦人兩日過王婆家来和西門慶恩情似漆心意如膠不到半月間街坊隣舍都知了只瞞武大一個本縣有一個小廝姓喬因父做軍在鄆州生养名喚鄆哥生得乖覺曰來常賣些時新果子常得西門慶賚發錢米那日提着一籃雪梨来尋西門慶有傍人說你要尋西門慶在紫石街王婆家裡鄆哥提了籃兒直奔茶房裡去婆子問鄆哥你来我家做甚么鄆哥曰来尋西門大官人說句話婆子便走那婆子扯住曰小猴子人家各有内外鄆哥曰我去房裡便尋出來婆子曰我房裡那得甚么西門慶鄆哥曰乾娘你真個要我說出来只怕賣燒餅的哥哥發作王婆怒曰泼賊說放屁揪住鄆哥打了幾下便把雪梨篮丟去鄆哥指住王婆罵曰老蟲虫我去說与他知道出来提了篮兒逕奔来尋這個人正是從前作過事沒兴一齐来

且听下回分解

〇第二十四回　王婆計賺西門慶　淫婦藥鴆武大郎

那鄆哥被王婆打了沒出氣處逕來街上尋武大郎把根由從頭說起武大曰如今我去捉姦何如鄆哥曰你原來沒些見識那西門慶了得捉他不得反吃頭拳武大曰却怎的捉他鄆哥曰你今日回去不要發作明日少做些燒餅出來賣在巷口等你若見西門慶入去時我便來叫你先去惹王婆他必來打我我便頂住那婆子你便奔入房去武大曰有理便归家來並不說起次日做後挑了担兒出去這婦人便過王婆房裡來等西門慶鄆哥街上撞見武大曰你只看我籃兒撇得來你便奔入去鄆哥提籃走入茶坊裡来罵老猪狗你昨日做甚麼打我那婆子大怒揪住鄆哥便打鄆哥把籃兒丟出街上來就把王婆頂在壁上武大撞入茶坊裡王婆見武大來急叫曰武大來了兩人正在房裡做勾當西門慶听得便鑽入床下去躲武大搶到房門边叫曰你們做得好事婦人頂住房門叫西門慶來打武大奪路出去武大却要揪他被西門慶一脚踢中武大心胸撲地便倒西門慶直走了鄆哥也去了王婆慌忙扶起武大只見口中吐血便叫

鄆哥入王婆店尋慶

那婦人把湯來灌醒兩個便從後門扶归床上睡了次日西門慶打听得沒事依前來和這婦人做一処武大被打五日不能勾起整日叫老婆不應只見他濃粧淡抹出去归來武大氣得發昏叫老婆來分付曰你教姦夫踢傷我的心你們都自快活我死後武二回來不肯干休你伏侍我

好了他回来時我都不說你若不傾我時待他回來却和他說知婦人听了也不回言邦来和西門慶王婆說知此事西門慶听罷嚇出一身冷汗曰怎的好王婆曰你們却要做長大妻做短夫妻若是做短夫妻只就今日分散等武大好了起來賠他陪個不是武二回來都沒言語待他再

武大氣昏叫妻囑付

差出去又來相約這是做短夫妻若是長做夫妻教娘子贖一帖心疼藥却把些砒霜放在裡面把他壽死一把火燒得乾乾淨淨武二回來那里知得待去孝滿大官人娶回家來這個是長遠夫妻西門慶曰此計神妙即去包藥并砒霜來付與王婆王婆曰大娘子我教你下藥的法度如今武大教你看活他你把些小心伏侍他他問你討藥吃便把砒霜調在藥裡灌下去他必肚腸斷大叫一声却將被盖住預先燒一鍋湯煮着抹布他若七竅流血口唇上有牙齒咬痕跡却將抹布揩盡了血跡那婦人曰只怕奴家手軟王婆曰你可敲壁子待我来打点西門慶曰你們用心整理明日來討回音辭別去了婦人回家坐在床边假哭武大曰你哭甚的婦人拭淚曰我要贖一帖藥來医你只怕你疑忌我不敢去贖武大曰你救我好把前事一筆都勾快討藥來救我那婦人將藥與武大看了曰太医教你半夜裡吃了發汗明日便好婦人下楼点上燈然燒了一鍋湯半夜裡那帖頓了篩在碗內把砒霜汆在一処送上楼來扶起武大便把藥灌武大吃了一口說大嫂這藥好難吃婦人曰只要病好武大再吃第二口時被那婦人灌下去便放倒睡武大曰吃下這藥肚裡疼將起來当不得了那婦人扯過被來便蓋着太医分付我替你發

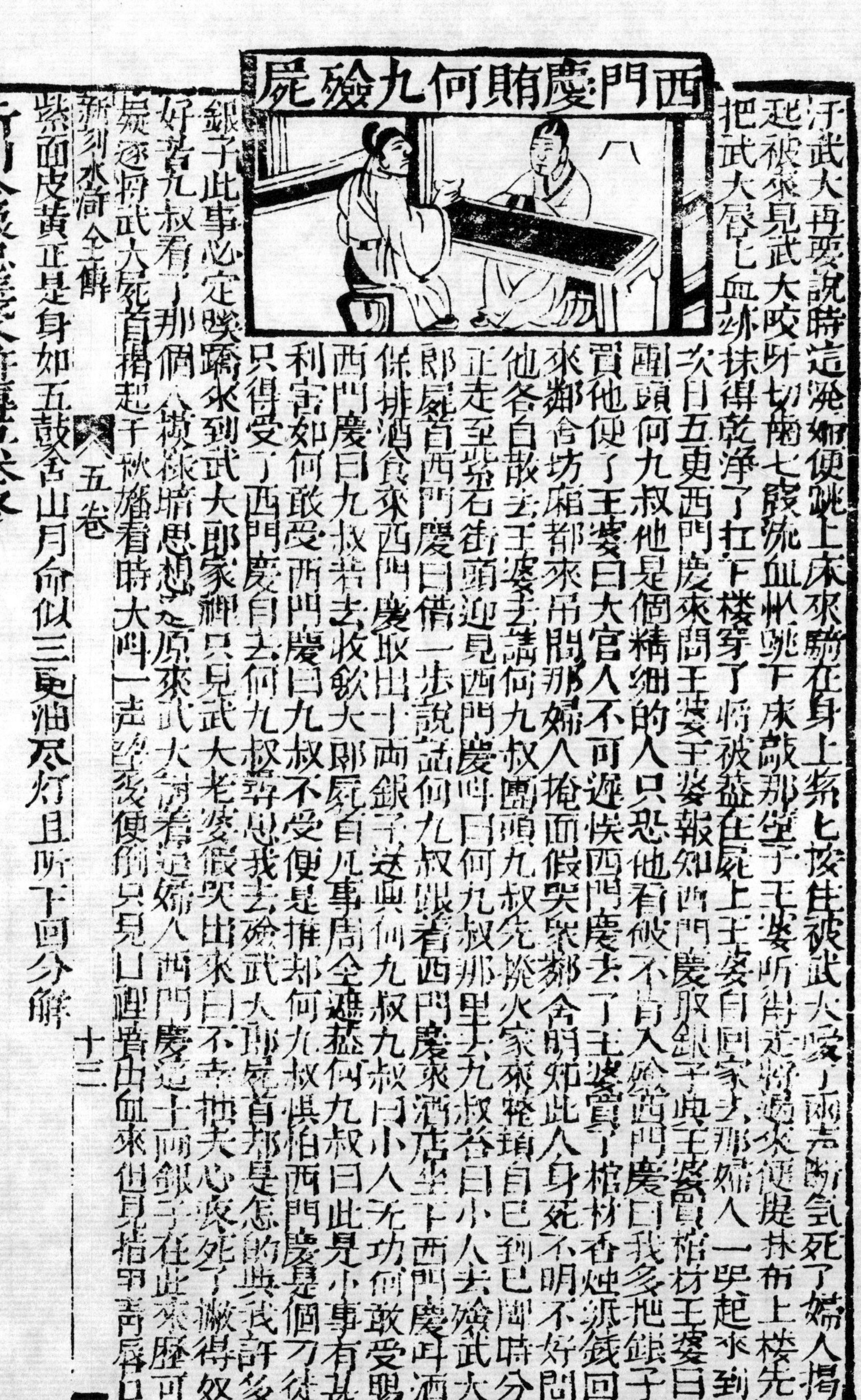

西門慶賄何九殮屍

汙武大再要說時這婬婦便跳上床來騎在身上緊匕按住被武大愛了兩声斷氣死了婦人揭起被來見武大咬牙切齒七竅流血怕跳下床敲那壁子王婆听得走將過來便提抹布上楼先把武大脣匕血跡抹得乾淨了扛下楼穿了將被蓋在屍上王婆自回家去那婦人一哭起來到次日五更西門慶來問王婆王婆報知西門慶取銀子與王婆買棺材王婆曰團頭何九叔他是個精細的人只恐他看破不肯入殮西門慶曰我多把銀子買他便了王婆曰大官人不可遲悞西門慶去了王婆買了棺材香燭派錢回來鄰舍坊廂都來吊問那婦人掩面假哭衆鄰舍明知此人身死不明不好問他各自散去王婆去請何九叔團頭九叔先撥火家來裝殮自已到巳牌時分正走至紫石街頭迎見西門慶叫曰何九叔那里去九叔答曰小人去殮武大郎屍首西門慶曰借一步說話何九叔跟着西門慶來酒店坐下西門慶叫酒保排酒食來西門慶取出十兩銀子送與何九叔九叔曰小人無功何敢受賜西門慶曰九叔若去收歛大郎屍首凡事周全遮蓋何九叔曰此是小事有甚利害如何敢受西門慶曰九叔不受便是推却何九叔惧怕西門慶是個刁徒只得受了西門慶自去何九叔尋思我去殮武大郎屍首那是怎的與我許多銀子此事必定蹊蹺來到武大郎家神只見武大老婆假哭出來曰不幸拙夫心疼死了撇得奴好苦九叔看了那個人模樣暗思想道原來武大討着這婦人西門慶這十兩銀子在此來歷可疑遂將武大屍首揭起千秋旛看時大叫一声望後便倒只見口裡噴出血來但見指甲青唇白紫面皮黃正是身如五鼓銜山月命似三更油尽灯且听下回分解

新刻全像忠義水滸傳五卷終